RECEITA FATAL

JACYR
PASTERNAK

RECEITA FATAL

Labrador

Coordenação editorial Pamela J. Oliveira
Assistência editorial Vanessa Nagayoshi, Leticia Oliveira
Direção de arte e capa Amanda Chagas
Projeto gráfico Marina Fodra
Diagramação Emily Macedo Santos
Assessoria editorial Heidi Strecker
Preparação de texto Cris Negrão
Revisão Vinícius E. Russi

Dados Internacionais de Catalogação na Publicação (CIP)
Jéssica de Oliveira Molinari - CRB-8/9852

Pasternak, Jacyr

Receita fatal / Jacyr Pasternak.
São Paulo : Labrador, 2025.
144 p.

ISBN 978-65-5625-746-4

1. Ficção brasileira 2. Ficção policial 3. Suspense 4. Crime
5. Medicina alternativa I. Título

24-5094 CDD B869.3

Índice para catálogo sistemático:
1. Ficção brasileira

Labrador
Diretor-geral Daniel Pinsky
Rua Dr. José Elias, 520, sala 1
Alto da Lapa | 05083-030 | São Paulo | SP
editoralabrador.com.br | (11) 3641-7446
contato@editoralabrador.com.br

À Kiyoko.
Aos nossos filhos, Sylvia,
Debora, Suzana e André.
Aos nossos netos, Izabela,
Marcela, Anna, Sophia,
Martina e Leonardo.

AGRADECIMENTOS

À Heidi, sem ela este livro não sairia.

À Marisa, minha agente.

Ao Antoune, da Parceria 6, meu assessor.

PREFÁCIO

UM THRILLER POLICIAL IMPERDÍVEL DE JACYR PASTERNAK

R*eceita fatal* foca na investigação dos assassinatos de quatro membros de uma família, que aconteceram de forma simultânea, com muita ação, adrenalina e bom humor.

Quando o delegado Francisco (que odeia ser chamado de "Chico") é escalado para investigar a morte dessas pessoas num apartamento de alto luxo, ele logo percebe que está lidando com algo mais complexo e inusitado do que mais um simples caso de assassinato. Causas?

Eu, como médica infectologista, fiquei do início ao fim envolvida na leitura, tentando desvendar o misterioso caso e me "auto" propondo hipóteses para o ocorrido.

A investigação do delegado Francisco acaba virando uma investigação cheia de surpresas — e muita risada.

Mas o destaque da obra *Receita fatal* é a crítica bem elaborada e muito bem-humorada sobre métodos não ortodoxos de "cura", como a ozonioterapia, a medicina ortomolecular, as receitas baseadas em ervas e sabedoria dos herbanários...

Com métodos nada convencionais, o delegado Francisco vai descobrir que, por trás de teorias sobre cura pelas plantas e ervas, existe muito mais do que ele imagina.

Entre encontros com personagens inusitados — de curandeiros disfarçados de terapeutas a pacientes viciados em fórmulas mágicas —, *Receita fatal* mistura mistério e comédia em doses letais. E no final, a única cura possível será uma boa gargalhada e uma crítica bem afiada ao mercado da medicina alternativa.

Aqui você encontrará uma receita de risos, intrigas e reviravoltas — pois no jogo da vida e da morte, até a cura pode ser mais perigosa do que o veneno.

Com humor afiado e uma crítica sagaz à medicina alternativa e às "curas" fáceis, *Receita fatal* é um thriller policial que faz rir, pensar e questionar até onde somos capazes de ir em busca da cura — e do lucro.

O humor ácido de Jacyr Pasternak e sua trama de prender o fôlego levarão você a uma investigação onde a coisa mais poderosa do que os remédios alternativos é o sarcasmo de seu protagonista.

Prepare-se para um diagnóstico inesperado: o crime pode ser a única verdade genuína nesse mundo de ilusões.

Rosana Richtmann
Médica infectologista, doutora em medicina pela Universidade de Freiburg (Alemanha). Atualmente, atua no Instituto de Infectologia Emílio Ribas, é diretora do Comitê de Imunização da Sociedade Brasileira de Infectologia e membro do CTAI – PNI.

PRÓLOGO

Depois de minha promoção a delegado titular de uma delegacia nos Jardins, melhor lugar de São Paulo, achei que minha carreira iria terminar com calma e sossego por ali mesmo. Não foi propriamente um presente das autoridades, mas o pagamento de um favor dos grandes, e me caiu muito bem. Não tenho, nunca tive e, nesta etapa da vida, nunca terei o estofo, o jeitão, o instinto e — por que não dizer? — a falta de caráter necessária para subir mais na carreira. Nem preciso disso: o que ganho dá para minhas poucas despesas. Sem dívidas, sem prestações do apartamento, sem dependentes, solteiro... E pelo jeito vou ficar assim para sempre. Tive, é claro, meus casos, minhas aventuras e, repetindo a frase — por que não dizer? —, meus amores. Mas nada de morar junto, de juntar os trapos e muito menos de passar por aquela descabida cerimônia do casamento civil e, pior ainda, do religioso. Não tendo mulher, não tendo filhos — pelo menos que eu saiba —, não preciso de muito para manter meu padrão de vida.

Comprei um apartamento aqui perto da delegacia, num daqueles predinhos que sobraram quando os incorporadores transformaram o bairro em um monte de torres. Todas com nomes pretensiosos: *Maison* disso, *Maison* daquilo; algumas com jeito de nome antigo de puteiro na França: *Maison Cerré*. Pelo menos meu prediozinho não tem nome. O zelador me contou que tinha: o nome da mulher do incorporador. Acontece que o distinto desapareceu da praça depois de não entregar vários imóveis vendidos na planta, alguns em terrenos que não eram dele. Foi preso e, num de seus depoimentos, declarou que de fato não tinha construído o edifício que os otários compraram, mas, se o tivesse feito, o quarto andar, objeto do processo, teria uma visão privilegiada do parque Ibirapuera. Ele foi o cara que incorporou este edificiozinho e o entregou, por exceção. Depois do escândalo, os condôminos se reuniram, tiraram o nome da dona Fulana (nome proibido de ser falado em público), tornando o prédio anônimo. O prediozinho tem três andares, sem elevador, e ficou prensado entre dois prediozões gigantes. O zelador me contou que tentaram comprar o prédio duas vezes para aumentar o terreno e construir uma torre ainda maior, mas não deu certo. Ainda bem. Isso garante que não vai ser mais um a ser comprado e virar uma dessas malditas torres. Não tem espaço suficiente para um desses mastodontes subir. Este bairro é a cara de São Paulo: prédios enormes e casas antigas, que ainda não foram demolidas.

Não tenho herdeiros, não passei para a frente a minha genética, assim como o Brás Cubas, de Machado de Assis. Nem sei para quem vou deixar este apartamento quando morrer. Sou filho único de pais que já se foram, tenho só alguns primos com os quais mantenho um mínimo de interação. Prima Inês é daquelas mulheres muito, muito chatas e deixou de ser católica para virar evangélica.

É um tal de "vontade de Deus", de se indignar com "esta imprensa que mostra coisas que jamais poderiam ser mostradas em público" e que "só dá notícias ruins". Considera o aborto o maior dos pecados — acho que não preciso dar todas as coordenadas de dona Inês. O primo Basílio, com esse nome de romance de Eça de Queiroz, é médico. Quer dizer, ortopedista. O primo Eustáquio é bancário. Ele fala que é banqueiro, mas não passa de um gerente que vai atrás de clientes para conseguir investimentos nos fundos em que o banco precisa de investimentos. Prima Mariinha se casou com um estrupício que nas reuniões de família conta aquelas piadas de reunião de família. Para contar algumas que ele considera mais ousadas, pede a permissão de dona Inês, e é claro que ela não dá. Então ele dá uma risadinha e diz que contará depois para os homens. Até que ele tenta, mas o primo Basílio com sutileza ortopédica não deixa:

— Arnaldo, nem tente. Para começar eu garanto que já ouvi a piada que você vai contar: há anos que você não consegue contar uma original. Em segundo lugar, você é horrível para contar piadas: dá risada antes do ponto crucial, se atrapalha no relato, se engasga na metade; não, você não vai contar piada nenhuma. Senão vamos ter uma situação desagradável, com safanões e tal, e não quero que a Mariinha fique infeliz... não mais infeliz do que já é por ter se casado contigo.

Arnaldo não tem coragem de enfrentar Basílio e se recolhe à sua insignificância. Nesse momento as mulheres estão em outra roda, discutindo seja lá o que for que mulher discute, e nós, os portadores de cromossomo Y, nos enfronhamos nas complexidades dos nossos times de futebol. Cada um reivindicando para seu time do coração a liderança em dois quesitos: a burrice dos técnicos — todos — e a falta de caráter dos cartolas — igualmente, todos.

Nem sei por que fui falar das reuniões de família, às quais compareço porque, sinceramente, sempre compareci. E, cada vez que vou, tenho menos vontade de ir à seguinte, mas chega a época anual da perpetração da dita cuja e lá estou. Sempre aparece algum parente que me chama num canto e pede para eu tirar os pontos da carteira de motorista e anular as multas. Cansei de explicar que não sou do Detran e que nem adianta apelar porque tenho certeza de que os caras da junta de apelação não leem os recursos. Ouvi colegas duvidarem até de que eles saibam ler. Ouvi também de fonte fidedigna que o encarregado da junta de apelos de multa faz assim: joga todos os processos apelativos para cima e, nos que estiverem por baixo, ele releva a punição. Nos demais, não. Conforme o humor dele e, provavelmente, conforme as necessidades do Departamento de Trânsito, o número de apelações atendidas vai de nenhumas a muito poucas. Estou aguardando os próximos pedidos de favor policial: a nova geração está crescendo e vai fazer o que todos os adolescentes fazem, de modo que tenho certeza de que vou ser convocado a quebrar galhos do Júnior, que foi parado na rua porque o carro estava meio oscilante em relação à faixa e porque tinha bafo de álcool; ou do querido rebento da dona Inês, o Ulisses, que foi pego na favela com alguns pacotes de maconha medicinal. Pelo menos é o que ele vai tentar inventar. Com esses galhos eu consigo ajudar, mas meus parentes não têm ideia de que isso tem preço e pode ficar muito caro. Favor com favor se paga, e um favorzinho pelo Júnior pode gerar um favorzão para um colega, nem quero suspeitar de que tipo de favor... Honestamente, isso ainda não aconteceu, mas tenho certeza de que vai.

Nos anos de pandemia, a reunião familiar foi suspensa. Que alívio! Com a epidemia não deu para juntar tanta gente em torno da nunca suficientemente louvada feijoada da dona Inês. Louvada em público por todos nós, mas já ouvi comentários menos abonadores quando encontro algum dos participantes do regabofe longe dela. Como diz o Basílio, felizes são as meninas da família que têm a desculpa da dieta para não tocar na famosa feijoada, para as quais a Inês faz umas saladas incrementadas, tudo natural, orgânico e provavelmente cheio de insetos. Ela sempre inventa umas saladas com sementes de romã. Provei e não gostei. E essa história de que semente de romã dá sorte não me convence. Se der sorte para alguém, é para o dono do mercado que vende a tal romã.

Famílias, famílias... Dizia Tolstói que todas as famílias felizes são iguais, as infelizes é que são diferentes entre si e de todo o resto. Acho bobagem. Não diria que minha família, em bloco, é infeliz. Na verdade, é um grupo de pessoas que possivelmente não têm nenhum interesse umas nas outras, e que o acaso e a genética deixaram em contato permanente, nem sempre — para não dizer quase nunca — apreciado. Pode ser que eu seja mesmo o que a Mariinha diz que eu sou: um *bicho do mato*, mas sinceramente eu prefiro a minha companhia a quase todas as outras; dizem que o homem é um animal gregário, que precisa da presença de um bando para se sentir bem. Vou ser franco: não preciso. Não mesmo.

Não é bem verdade. Gosto dos meus colegas de delegacia, os que trabalham comigo: investigadores, escrivães, o cara da TI que consegue, algumas vezes — poucas —, verificar qual é o problema dos nossos computadores e principalmente o sistema que a secretaria nos impôs para trabalhar. Agora não tem mais papel, é tudo no sistema. Ótimo, mas o sistema empaca com mais frequência que um burro. Aí nosso escrivão faz o que o nome diz, escreve e depois tem que passar tudo para o sistema, quando o raio do sistema volta a funcionar. No concurso para escrivão não há prova de caligrafia, e garanto que o escriba, quando volta o sistema, tenta transcrever, mas, como não consegue ler o que ele mesmo escreveu, inventa.

A delegacia até que é bem arrumada, diferente de muitas outras. Temos móveis decentes, cadeiras sentáveis, computadores mais modernos. Está instalada numa das tais casas sobreviventes do bairro, em condições razoáveis. Uma chuva mais forte forma goteiras, nosso telhado tem alta quilometragem e mereceria uma revisão, mas é claro que não temos este ano verba para tanto, assim como não tivemos no passado e, com quase absoluta certeza, não teremos no futuro. O bom é o pessoal que está aqui. Trabalhar aqui é considerado um prêmio por bom comportamento — delegacia tranquila, sem carceragem, já que a vizinhança não gosta de confusão e barulho.

Meu pessoal é muito gente boa. Já perdeu todas as ilusões, se é que as teve algum dia. Há uma exceção: meu novo colega, o Gilberto, o delegado substituto, que me assessora e com o qual alterno os plantões. Magrinho, esportista — corre cinco quilômetros todo dia —, boa pinta, cabelos lisos que ele penteia com uma risca à esquerda, mas não por convicção política — já perguntei, e ele riu. Advogado, ainda menino se formou nos primeiros lugares da turma, foi contratado por um escritório de excelente reputação com um salário que deve ser no mínimo o dobro do que ele ganha hoje e, ainda assim, fez concurso para delegado. Claro que conseguiu — o bando de concorrentes formados nos cafundós do Judas não tem a menor condição de competir com ele. Digo cafundós do Judas porque não há nenhuma aldeia neste nosso país sem sua faculdade de Direito, funcionando no grupo escolar durante a noite. Gilberto tem certeza de que está aqui para servir o cidadão. Já expliquei para ele que esse conceito é meio elástico: existem cidadãos que a gente serve, e existem outros mais importantes que se servem da gente. Ele fica indignado, e eu me divirto. Já apostei com o Eleutério, nosso escrivão-chefe, que o Gilberto muda em dois anos. Eleutério cravou cinco — acho que ganho fácil.

Gilberto me contou dos seus tempos de advogado no tal escritório. Documentos e contratos, contratos e mais documentos, pesquisas de transações antigas até que propriedades em pauta fossem dos atuais proprietários. Um cliente importante do escritório queria fazer um projeto sensacional numa área perto de São Sebastião. Natureza intocada, posse de um bando de caiçaras que nem tinha qualquer título, uma praia paradisíaca, lugar sensacional para pôr um condomínio fechado, cercado por muros com câmeras de segurança e cheio de seguranças treinados em Israel para enfrentar qualquer coisa, acompanhados de dobermans também treinados para atacar sem latir. Gilberto ficou preocupado com a situação jurídica do empreendimento e, sendo um jovem advogado idealista, foi conversar com seu Madureira, o empresário. O Gilberto depois entendeu que devia falar antes com o chefe dele, um advogado sócio da firma muito bem-relacionado e bem-sucedido.

Marcou uma hora com o senhor Madureira no escritório dele. Prédio belíssimo na Faria Lima, elevador com música de elevador, a gente ouve e depois esquece até o próximo passeio de elevador. Secretárias muito bem-arrumadas, que o encaminharam ao escritório do chefão. Gilberto ficou impressionado: lambris de mogno, mesa de alguma outra madeira de árvore em processo de extinção, carpete felpudo daqueles que a gente nem percebe que afunda. Seu Madureira estava atrás de uma mesa enorme, daquelas em que dá para jogar campeonato oficial de jogo de botão. Foi levantando e oferecendo:

— O que desejaria o jovem causídico? Temos aqui no bar, que tem cara de biblioteca, uísque, conhaque e, na parte de baixo do móvel, onde tem uma adega climatizada, uns Borgonha sensacionais. Se o senhor veio guiando e fica preocupado depois de tomar umas e outras e prefere não tocar em álcool, a Mirela vai trazer um café com creme e uns biscoitos amanteigados que importamos da Holanda.

Ficou esperando o Gilberto falar, e o inocente do Gilberto falou bem o que ele não queria ouvir:

— Senhor Madureira, analisei os documentos dos terrenos e encontrei problemas.

— Contratei tua firma, e não é das mais baratas por falar nisso, para que ela me resolvesse os problemas. Se é para eu resolver, não preciso de uma firma reputada como a sua, não é?

Gilberto tentou explicar:

— Senhor Madureira, o terreno poderia estar usucapido pelos atuais moradores, gente muito simples. Fui até lá para uma inspeção *in loco*. O senhor comprou esse terreno do senhor Morales, argentino, domiciliado em Buenos Aires...

Madureira o interrompeu:

— O senhor não vai recitar todo o contrato, incluindo a identificação do Paco, vai demorar mais tempo do que tenho para o senhor hoje. Inspeção *in loco*? Vou contar para o Morales que o senhor aqui faz inspeções *in loco*, e ele, santo Morales, participa hoje de um governo "in louco" ou, como diz ele em espanhol, com *el loco*. Se bem que a gente aqui no Brasil deveria se inspirar no modelo daquele presidente argentino e seu espírito canino de guarda. Como é que se chama o bicho?

Gilberto sabia:

— Conan, senhor Madureira. Bem, os caiçaras nem sabiam que o terreno tinha sido vendido. Ninguém falou com eles. O senhor Morales não tinha as certificações e a documentação que definem que ele é o proprietário do terreno em pauta. Não entendo como o cartório fez o registro.

Madureira gargalhou:

— O senhor veio aqui, até meu escritório, me chamar de otário, de comprador de um terreno que não era de quem me vendeu? Estou pagando a sua firma, e pagando caro, para vir um girino de advogado e me encher o saco com isso?

— Girino?

— É doutor, aquela forma jovem pré-sapo que depois sapeia. Meu amigo e prezado causídico, todo litoral de São Paulo é mais ou menos assim: os caiçaras moram lá porque moram, mas ninguém tem título nenhum; os cartórios locais são uma piada. O Paco, há alguns anos, registrou no cartório a posse desse terreno...

— Registrou assim sem qualquer dificuldade? O cartório não levantou as certidões...

Seu Madureira riu de novo:

— Você conhece os cartórios do nosso litoral norte? Parecem do tempo dos bandeirantes, e nem sei se ainda são hereditários. Eram. Se você conhecer bem o dono do cartório, ele faz milagres. Pelo menos o Paco não me vendeu um pedaço de areia com água do mar por cima e, acredite, isso acontece muito por lá.

Gilberto ficou nervoso:

— Seu Madureira, o senhor vai arriscar todo o investimento num terreno que afinal pode não ser seu?

— Meu caro advogado, mais uma vez vou ter de lhe explicar que, feito o registro em cartório e não contestado, acabou. O terreno é de quem registrou. E agora de quem comprou do Paco, ou seja, do cidadão que está a sua frente.

— E os caiçaras que estão lá?

— Aqueles caiçaras que lá estão, como diz o caro causídico, vão sair. Numa boa, não sou um capitalista sem alma como possivelmente o senhor está pensando. Eu tenho noções de solidariedade com os desprovidos, dei um duro danado na vida e sei como é viver sem recursos, cada vez mais mês no fim do dinheiro. Vou ajudar essa turma. Tem um morro lá perto onde eles podem se instalar, é da Prefeitura de São Sebastião, que não está nem aí para mais uma ocupação. Até é uma boa, quando o nosso condomínio estiver pronto, vamos precisar de jardineiros, empregadas domésticas, e essa mão de obra vai estar ao lado, no morrinho. Se algum resolver reclamar, a sua firma está aí para fazer o cara desistir da reclamação e entrar em acordo comigo.

Gilberto não gostou:

— O senhor está expropriando os caiçaras.

Senhor Madureira levantou da poltrona e encarou Gilberto com ar crítico:

— Você... Quando estudante de Direito, fez muitas passeatas? Greves de solidariedade aos metalúrgicos?

Gilberto se irritou:

— Fiz várias, incluindo a das *Diretas*, um milhão de pessoas na Praça da Sé pedindo para votar para presidente. Onde o senhor estava naquele momento?

Madureira foi enfático:

— Foi bem no dia em que estávamos, eu, meus sócios e mais um grupo de empresários, numa homenagem ao professor Alfredo Buzaid, que o senhor certamente conhece e respeita.

Gilberto não resistiu:

— Conheço sim. Respeito é outra coisa.

Madureira se aproximou do advogado e disse que iria conversar com o sócio-diretor do escritório onde ele trabalhava. Gilberto, convicto de que estava fazendo o melhor para a firma, disse ao Madureira que aguardaria os acontecimentos e foi embora.

No dia seguinte, doutor Barreto, o sócio-diretor que tinha contratado Gilberto, o chamou em sua sala:

— O Madureira fez uma reclamação a seu respeito. Me conte o que houve. Você foi visitá-lo sem contar para a gente?

Gilberto disse que tinha ido, com a ideia de prevenir um problema para a firma, o tal terreno que não era do Madureira, enfim, contou toda a história.

Doutor Barreto ouviu em silêncio. Quando Gilberto acabou, perorou:

— Gilberto, o Madureira tem razão quando diz que a propriedade da maior parte dos terrenos de lá, tirando o que a Marinha diz que é dela, é dúbia. Até a Marinha se atrapalha, ela não sabe de quem cobrar a devida taxa. Entendo o que você tentou fazer, claro que o Madureira pode ter problemas, mas vou te dizer duas coisas: primeiro, os problemas dele não são todos solúveis, e ele sabe muito bem disso. Nosso acordo reza que faremos a análise dos contratos com os fornecedores, com os empreiteiros, resolveremos dificuldades com a prefeitura e até com a gloriosa Marinha do Brasil. Se precisar cantar "qual cisne branco", cantaremos. Você sabe que isso dá um azar danado? Claro que há riscos, apontamos, e ele resolve se assume. A segunda coisa, mais importante, é que você foi conversar com um dos nossos maiores clientes sem autorização. Você representa a firma, então precisa, no mínimo, saber qual é a da firma, qual a nossa estratégia com este cliente. Garanto para você que não estamos sendo pagos pela associação dos caiçaras, dá para perceber?

Gilberto até concordou que deveria ter comunicado, e o doutor Barreto adquiriu um tom professoral:

— Gilberto, houve uma quebra de confiança da sua parte conosco. Pena, a gente tinha muita esperança em você, advogado jovem de excelente formação, OAB de cara no primeiro exame. Imagino que sua faculdade tenha muitos professores de verdade e poucos advogados que vivem a labuta jurídica. Entenda: uma coisa é a advocacia vista pelas lentes de docentes da faculdade, outra, diferente, é a vida real. Não dá para você continuar conosco depois dessa.

Gilberto ficou como fica qualquer cidadão demitido: muito sem graça. Doutor Barreto foi gentil:

— Vamos dar as melhores referências, nem vamos citar a causa da sua demissão, até ficaria melhor se você se demitisse, não tem que dar explicações. Se alguém perguntar, diga que não se adaptou ao nosso sistema, não precisa comentar o por quê. Antes de sair, você vai assinar um documento de confidencialidade sobre todos os fatos que você soube no serviço.

Gilberto assinou e se mandou.

Depois dessa experiência com uma grande firma de advocacia, Gilberto procurou outra, especializada em direito de família. Divórcios consensuais que não eram consensuais. Gilberto ficou surpreso com as dificuldades de divórcios amigáveis — péssimo nome, em geral são tudo menos amigáveis. Com boa vontade tudo se resolve, e os maiores problemas, como a partição de bens e guarda dos filhos, são consensuados. A briga é pelas alfaias.

Dei risada:

— Logo as alfaias?

— Pois é, os faqueiros, as panelas, os livros, os discos que ainda existem, relíquias musicais, aquele sofá de estimação, o cachorro, os gatos... Dá cada pau na divisão das louças e dos abajures que não dá para imaginar.

O que mais incomodava o Gilberto nesses casos de divórcio era quando ele servia de psicoterapeuta e tinha de ouvir as dores da mulher ou as do marido. Naquele tempo casais do mesmo sexo eram muito raros, e a maior parte desse tipo de casal estava casando-se, o divórcio vem depois. Gilberto resolveu naquele segundo escritório que advocacia comercial não era para ele. Muito menos criminal, ele não queria virar advogado de porta de cadeia. Ainda por cima, durante uma discussão na faculdade sobre como era a ação de um advogado criminal, ouviu essa pérola de um dos seus professores: "Gilberto, a primeira coisa que você faz em casos criminais é cobrar adiantado do réu. Se for esperar o processo correr e ele for absolvido, ele some. Se for condenado, aí é que não paga mesmo".

Entrou no primeiro concurso para delegado e ganhou fácil. Não tinha nenhum primo, filho ou parente de político importante ou desembargador concorrendo. Como um dos primeiros colocados, pôde escolher onde trabalhar. Foi-lhe recomendado não ir para a minha delegacia. "As chances de promoção no futuro não serão assim tão boas, o doutor Francisco tem uma história com a alta cúpula, ganhou essa delegacia que todo mundo cobiça, mas dali pra cima não vai ser promovido, um dia ele te explica o por quê. Você é moço, deve ter ambições, é ruim cair junto com esse tipo de chefe, a uruca pega, é contagiosa, você fica marcado. Quer mesmo ir para lá?"

Gilberto quis e ficou satisfeito, curioso para saber por que o doutor Francisco tem esta fama.

Não tenho o que esconder. Contei do assassinato na Alameda Campinas que acabou me trazendo para cá e definiu minha relação com a cúpula política e policial deste nosso estado. Gilberto ficou pasmo:

— Se bem entendi, o assassino está solto, lépido e lampeiro, deputado e padrão de moral e bons costumes?

— Sim, Gilberto, o mundo é assim, vai se acostumando.

Ele ainda resmungou:

— Doutor Francisco...

— Sem essa de doutor, Gilberto.

— Ok, sem essa, mas veja a minha posição. Achei anti-ético trabalhar numa firma de advogados empregados de grileiros, depois achei difícil trabalhar nas confusões sentimentais e econômicas de divórcios. Achei que aqui faria algo mais limpo...

Tomei fôlego e soltei o verbo:

— Aqui até que é possível, Gilberto. Se depender de nós, você não vai ter dilemas éticos do calibre que você teve na firma dos advogados ricos. Sempre vamos ter dilemas, a ética é complicada, nem sempre é o certo ou o errado; tem o mais ou menos certo e o mais ou menos errado, a vida é assim.

Depois que nos abrimos, ficou mais fácil. Acabamos por nos dar bem, temos um local decente para trabalhar, nenhum de nós, eu e ele, estamos dispostos a puxar sacos lá no palácio, e o que podemos ter de melhor? Uma delegacia limpa, decentemente arrumada, sem carceragem. A alta cúpula não quis incomodar os vizinhos, o bairro aqui tem muita força política. Gritaria, confusão, aparecem as visitas que são pessoas muito diferentes dos meus vizinhos.

Quanto a eles — os vizinhos —, me dou bem com os meus, que são poucos, o prediozinho é pequeno. Tem o seu Osmar e a dona Luisinha, que até hoje não sei por que é dona Luisinha, um mulherão, grande e que esbanja simpatia. Volta e meia me oferece um bolo feito por ela, e a mulher é uma excelente boleira. Pensei que eu não gostasse de bolo, não gosto é de bolo comercial, mas os dela, devidamente feitos em casa, são muito bons. Muito grandes para mim, que não sou dos mais gulosos. Por isso, divido com os colegas da delegacia, o que incrementa minha popularidade. Seu Osmar foi executivo de uma firma de informática pequena e ganhou uma nota quando ela foi devorada por uma firma grande. Ele é o típico aposentado rico: de manhã sai com um calção psicodélico e uma camisa esportiva da Nike e se exercita pelo bairro para manter a forma. Já me disse que tenta convencer a dona Luisinha a fazer o mesmo, sem nenhum sucesso, mas, como me disse, não desiste. Algum dia ela toma consciência de que precisa cuidar do corpo. Os dois filhos do casal já se mandaram do ninho, e dona Luisinha aguarda ansiosa os netos, mas, como resmunga ela:

— O Pedro se casou com uma engenheira que só pensa na profissão, nos desafios de ser uma moça no meio de um monte de marmanjo, de ser uma mulher numa obra cheia de peões, e nem pensa em engravidar. A Alice tem mais chance de me dar uns netos, casou-se com o Hermógenes, que está muito bem, mas já tem dois anos de casamento e nada... Perguntei para ela se está evitando, e ela me disse que não, que não acontece e, se continuar assim, ela vai procurar uma dessas clínicas de reprodução, o Hermógenes felizmente pode pagar. Mas, doutor — delegado é doutor nesta terra —, e se for por conta dele, como é que faz?

Pensei comigo mesmo que há um método muito simples de engravidar quando o problema é a falta de espermatozoides do marido, mas é claro que não vocalizei a sugestão. Se fosse só um contrato para fazer filho e depois cada um fosse para o seu lado, seria perfeito, mas as coisas nunca são assim. Podem começar assim, mas elas evoluem e, na minha já não desprezível experiência, acabam se complicando. Não preciso dessas emoções, já chegam as que eu tenho no serviço.

E não são poucas. Se fossem limitadas aos problemas operacionais, já seriam suficientes. As fofocas, as rasteiras por melhores cargos, as políticas internas, as políticas estaduais e nacionais... Não deveria estar reclamando, vou deixar claro: a consciência não me incomoda. Bem, não demais. Acredito que, se não fosse eu, outro faria a mesma coisa. Faria?

CAPÍTULO 1

QUATRO CORPOS ESPALHADOS PELO CHÃO

Quando cheguei à delegacia, disposto a enfrentar a papelada que teima em se acumular em minha mesa em camadas geológicas, fui recebido por um Gilberto excitado:

— Doutor Francisco...

— Giba, sem essa de doutor. Doutor é quem tem tese, fez pós-graduação, essas frescuras que você vai fazer algum dia. Não é comigo, não tenho saco de caçar pontos em cursos muito chatos...

— Está bom, Francisco, então, deixa eu te contar: tem um caso complicado pra gente, aqui bem pertinho, na Rua da Consolação.

— Qual é o desconsolo?

— Estou falando sério, morreram quatro de uma só vez, estava esperando você pra gente ir lá. Dá pra ir a pé, é bem na esquina da Consolação com a Estados Unidos.

— Me dá os dados. Que é que temos?

— Temos um telefonema do Marcondes, zelador de um prédio aqui perto. Se bem entendi, ele está com uma dona Emerenciana em prantos. Ela é a faxineira de um dos apartamentos e, quando chegou, achou quatro membros de uma mesma família mortos em vários quartos. Ela tem a chave, entrou normalmente e até ficou irritada com a sujeira que viu no tapete da sala: pensou que era mais uma festa do moleque, o Henrique, que aproveita quando os pais saem para juntar a galera e fazer uma esbórnia. Mas, quando ela foi à área de serviço buscar material de limpeza, viu dona Maria Olímpia no chão, dura e fria. Então dona Emerenciana saiu gritando e foi até o saguão, onde estavam o porteiro e o zelador, e esses dois senhores estão esperando a gente na porta do prédio para contar o resto da história.

— Mas você me disse que são quatro mortos, até agora só tem uma...

— O zelador subiu no apartamento e encontrou mais três, mas os detalhes não sei. Ele ligou pra delegacia, a Mildred atendeu e me passou, e só falei pra ele ficar esperando a gente que iríamos a seguir. Vamos?

— A pé?

— Por que não? É aqui do lado.

Do lado mais ou menos. Quatro quadras no plano e mais duas na subida. O bairro está naquela fase em que ainda é considerado chique, mas tem outros mais elegantes e com mais apelo aos ricos. Prédios de oito andares, alguns mais novos com mais andares; as leis de zoneamento nessa cidade são uma zona. Prédios com porteiros de terno, cada vez menos, agora as portarias são eletrônicas e comandadas de longe. Jardins pequenos, o negócio é aumentar sempre a área construída. Apartamentos grandes: quando foram construídos, a alta burguesia desejava muito espaço. Agora a moda são apartamentos pequenos e muita área comum onde colocam academia de ginástica, local para entrega de comidas com geladeiras, local para usar como escritório eventual, esse tipo de coisa.

Chegamos. O prédio era daqueles que já foram mais chiques e estão na segunda rotação de proprietários. Ainda é muito chique: piso de mármore, molduras douradas, lustre de cristal e um baita espelho de corpo inteiro. Os primeiros donos deviam ser muito, muito, muito ricos. Aí eles ficam mais velhos, resolvem ir para a fazenda ou para Nova York. Ou para Portugal. Sem querer discutir a motivação dos primeiros donos, vem a turma dos segundos donos. Estes já não têm toda aquela grana, mas muitos são alpinistas sociais e corajosamente enfrentam os picos da moradia de prestígio. Percebem, é claro, que o prestígio não era do lugar, era da turma anterior. Mas um pouco do ambiente, do glamour, fica. Bem pouco, para dizer a verdade.

O zelador estava nos esperando:

— Doutores, obrigado, os senhores vieram logo, nem sei o que dizer para os senhores! Que tragédia, que horror, eu não ganho para ver essas coisas, só cuido do prédio o melhor que posso, mas o síndico, seu Luís, vive reclamando de mim e do que gasta comigo, como se o meu salário fosse uma maravilha. Mas deixa eu me apresentar, sou o Marcondes, e este é Flávio, nosso porteiro.

— Marcondes? E o primeiro nome?

Marcondes conseguiu sorrir:

— Ninguém me chama pelo nome, doutor, mas, se o senhor quer saber, é Edgardo.

Fiquei curioso:

— Por que Edgardo?

— Doutor, nasci numa daquelas cidades bem pequenas, e o escrivão escrevinhou Edgar desse jeito, e nunca achei que precisava trocar, mas eu prefiro que me chamem pelo sobrenome. Como todo mundo faz...

— Está bom, Marcondes, então me conte o que você encontrou depois que dona Emerenciana o procurou.

— Procurou não, doutor, ela entrou gritando no saguão, o seu Luís não gosta de barulho, mas ela veio gritando e chorando. Até eu entender o que ela queria, demorou um pouco. Mas o Flávio, meu funcionário, foi até meu apartamento. Fica aqui, mas parece um muquifo, no térreo. Então pegou um copo de água com açúcar, deu para ela, sentamos a Emerenciana no sofá do saguão, e só então entendi que ela encontrou a patroa morta.

"Doutor, tem muito velho nesse prédio, se bem que a dona Maria Olímpia não é — não era — tão velha. Ela dizia ter uns sessenta e poucos anos, mas na minha opinião tinha sessenta e muitos, se não fossem setenta e alguns... Não é assim de se espantar que algum dos meus moradores apague de repente, e deu o azar da pobre da Emerenciana ter sido a primeira pessoa a descobrir. Esse pessoal come demais, não faz exercício, sabe como é gente rica, então, mais uma vez, se alguém morre a gente não fica tão surpreso. Deixei a dona Emerenciana aos cuidados do Flávio."

— E onde está essa dona?

— Está no meu apartamento, com minha esposa. O Flávio empurrou o abacaxi para ela, não é, Flávio?

Flávio sorriu sem graça:

— Marcondes, eu não sei o que fazer com mulher aos gritos, chorando e tendo um acesso de nervos; a Marilu pelo menos sossegou a dona... Quando minha mulher tem dessas coisas, eu saio de perto e só volto depois de uma hora.

— Bom, precisamos falar com ela. Alguém mais entrou no apartamento, sem ser a dona Emerenciana e o senhor? O senhor sabe que, quanto menos gente se meter na cena do crime, se é que foi crime, melhor? — indagou o delegado.

Marcondes ficou meio sem graça:

— Doutor, eu fui, não vou negar. Até porque não entendi bem a dona Emerenciana: se a dona Maria Olímpia estava lá morta, o que aconteceu com o seu Carlos, o Henrique e a Laura, os outros três moradores do apartamento? Nenhum deles percebeu? Então eu mesmo fui até o apartamento, vi dona Maria Olímpia completamente morta, encostei nela, fria, e então fui olhando. Estava uma sujeira só, mistura de vômito com merda em tudo quanto é canto e, no salão principal, estava o seu Carlos, também mortíssimo, e o Henrique, um ao lado do outro. Num outro quarto, o quarto dela mesma, estava a Laura. Enfim, tudo morto, doutor, eu fiquei até meio tonto.

Flávio sussurrou:

— Como sempre, doutor...

— Porra, Flávio, sem gracinhas — irritou-se o Marcondes.

Insisti:

— Então o senhor e a dona Emerenciana é que andaram no apartamento. E o Flávio?

— Não, o Flávio ficou com a dona Emerenciana, coitada, e com minha mulher. O senhor quer subir?

Olhei para o Gilberto, que estava interessadíssimo. Esta vontade de agir passa com a idade, garanto.

— Gilberto, é melhor chamar a turma da cena do crime, a polícia científica. Diz pra eles que é para vir logo, não ficar cozinhando, e que é bairro chique, pode dar repercussão nos jornais, pega muito mal se eles demorarem, como costumam, pra aparecer. Acho melhor ficarmos esperando os caras, assim, quando a gente entrar, não contamina o ambiente. Vamos conversar com dona Emerenciana.

Marcondes entendeu:

— Por favor, doutores, é por aqui, como falei é um apartamento pequeno...

Era. Um armário de guardar zelador. Zelador e senhora zeladora, que no momento amparava uma senhora robusta, que pelo jeito tinha uns cinquenta anos — o tempo maltrata mulher pobre, pode ser que ela tivesse menos, uns quarenta, até trinta, gorda, forte (claro! quem contrata empregada fraquinha?) e soluçante. Minha experiência com testemunhas ajudou:

— Dona Emerenciana, meu nome é Francisco, delegado Francisco, e eu entendo que a senhora está traumatizada, mas é muito, muito importante que a senhora me conte o que viu, o que aconteceu. Como é que era a família?

Dona Emerenciana, ainda aos soluços:

— Como qualquer família, a dona Maria Olímpia era daquelas que passava o dedo em cima do armário para ver se eu tinha deixado pó e fiscalizava a geladeira quando pensava que eu não estava vendo, para ver se eu estava levando carne ou queijo, essas coisas mais caras que a gente só cobiça, mas come muito de vez em quando. Eu nunca levei nada, sou uma mulher honesta, por isso me ferrei durante toda a vida...

O choro me pareceu sincero em parte, pelo menos, por esta circunstância.

— E o seu Carlos?

— Mal via o patrão, ele saía cedo, e eu entro, entrava, às nove. Às vezes eu via o seu Carlos quando ele chegava do trabalho, era bem na hora de sair. Eu preparava o jantar e saía, então era só um boa-tarde e, uma vez por mês, ele me pagava...

— Em dinheiro?

— Em dinheiro, doutor, esse negócio de registrar na carteira e descontar uma nota pro governo não é comigo. Ele até ofereceu fazer tudo legal, mas eu não quis. Assim é muito melhor. Vai dar problema pra mim?

— Nós não temos nada com isso, dona Emerenciana, nem vamos colocar nos autos essa informação, fica tranquila. E os filhos?

— O Henrique... Bem, a dona Maria Olímpia reclamava muito do Henrique. Ela chamava o menino de nem-

-nem: nem estudava, nem trabalhava. Ele queria viajar pelo mundo antes de fazer alguma coisa, mas nada de mochileiro. Ele queria viajar com conforto e de preferência com a Soninha, a namorada dele.

— E a Laura?

— Essa era de festas, passeios, fofocas com as amigas, o normal de uma menina de dezesseis anos muito mimada. Seu Carlos, segundo a dona Olímpia, se derretia todo pela menina. Pelo menos ela estudava, segundo a mãe ela queria ser psicóloga. Dona Olímpia dizia que era uma boa ideia para entender o sem-vergonha do irmão.

— Dona Emerenciana, vou perguntar algumas coisas que a senhora pode achar meio assim... intrusivas, faz parte. Se a senhora achar incômodo responder, me explique...

— Tudo — completou dona Emerenciana, que estava se acalmando. — Não que eu saiba muito mais...

— Dona Emerenciana, a faxineira sabe muito mais coisas da família para a qual trabalha do que a família imagina...

Enxugando as lágrimas, dona Emerenciana sorriu:

— Lá isso é verdade. Dona Olímpia nunca ficou sabendo daquela vez que o Henrique trouxe a Soninha para dormir em casa, quando o pai, a mãe e a irmã estavam viajando... No dia seguinte, quando fui fazer a cama e vi os lençóis, o senhor sabe, o cheiro... andaram trepando, claro que andaram trepando... e na cama do casal, não no quarto do Henrique, acho que eles acharam a cama muito estreita. E a tonta da Soninha esqueceu uma calcinha no banheiro, deixou pendurada. Ou será que foi de propósito para dona Maria Olímpia ver? Sei que joguei a calcinha fora e troquei os lençóis.

— E como é que a dona Olímpia e o seu Carlos se davam?

— Bom, doutor, como todo casal, tinham lá suas brigas, mas nunca vi a dona Olímpia machucada, com aquelas manchas roxas que a gente vê quando tem aquelas brigas de marido e mulher. Ela reclamava mais que o Carlos só pensava no trabalho, não dava a menor bola para os filhos, especialmente para o Henrique. Ela me dizia: "Emê, já falei para o Carlos um milhão de vezes que ele precisa dar mais atenção ao menino. Ele é desse jeito largado, preguiçoso, malandro, por culpa do pai...".

— A senhora também acha?

— Ah, doutor, quem sou eu pra achar ou deixar de achar essas coisas de psicologia? Quer saber uma coisa de verdade que eu acho? Tudo frescura, coisa de rico, na minha família nunca teve essa história de culpa do pai, culpa da mãe, era cada um por si, até porque o pai deu um duro danado, e a mãe sempre trabalhou para criar os meus cinco irmãos e eu.

Melhor parar por aqui, até porque milagrosamente chegaram os caras da polícia científica, junto com o médico do IML. Fui ao encontro deles:

— Nossa, pessoal, que rapidez! Estou impressionado!

CAPÍTULO 2

CONTATO DE CONTATO

O médico era um velho conhecido, doutor Dantas. Chegou dando risada:

— Não pense que é pelos seus belos olhos, Chico. O delegado-chefe nos mandou, a família tem conhecidos importantes...

Não gosto que me chamem de Chico. Chico é moleque em castelhano e, nesta fase da vida, sou tudo menos moleque, mas o doutor Dantas me conhece de muitos carnavais; não adianta dizer para ele que eu não gosto, pode até ser pior. Os policiais científicos eram dois, foram se apresentando:

— Prazer, delegado Francisco (pelo menos nada de Chico). Eu sou José Almino e esta minha colega é a Marisa.

Marisa era loiríssima, corpo de modelo, um metro e noventa de altura. O que é que uma mulher como esta faz na polícia, meu Deus?!

Foram todos para a cena do crime. Devidamente paramentados com aqueles aventais, luvas e protetores de sapatos, os famosos propés, que eu uma vez batizei de procascos — mas isso foi num outro caso em que tive que lidar com um policial científico asnático. Não são raros...

Não fui junto: vou depois quando eles permitirem, quando não tiver mais contaminação do raio da cena. Voltei à dona Emerenciana:

— Melhor?

Ela ainda soluçante:

— Melhor, doutor, obrigada. E agora, que é que eu faço?

— Bom, a senhora me deixa telefone e endereço, e, se quiser ir para casa, fique à vontade. Vamos precisar do seu depoimento, vai ter que passar na delegacia depois.

Ela reclamou:

— Vou ter que voltar a este bairro? É longe, duas conduções. E o salário de hoje, estou com um monte de contas a pagar, contava com ele...

Fui maldoso:

— Acho que vai receber só no outro mundo...

Ela desabou de novo em prantos. A esposa do zelador me olhou com desprezo — aquela cara de mulher quando percebe que homem é completamente idiota. Desta vez, com razão. Tentei consertar:

— De qualquer modo, dona Emerenciana, a senhora pelo menos não precisa limpar aquela sujeira toda que lá está.

Funcionou, dona Emerenciana suspirou:

— Pelo menos isso...

Me deu o número do celular — não tem fixo —, me deu o endereço, lá nas quebradas do Jardim Ângela.

Ficamos esperando, o Gilberto e eu, até que o doutor Dantas desceu.

— Atestou os óbitos?

Pergunta que parece cretina, mas não é. Na legislação brasileira — e acredito que em outras seja parecido —, só é considerado morto um morto quando uma autoridade em mortologia decreta que o cidadão morreu. Em lugares que não tem médico, o delegado local tem essa atribuição.

O Dantas até riu:

— Estou preenchendo os atestados, vai tudo para o médico legal. É muito estranho uma família de repente morrer junta. Não vi ferimentos em nenhum deles, a turma da polícia científica é que vai estudar melhor o caso. De qualquer maneira, vou recomendar cuidados para o pessoal do IML que vem remover os cadáveres. E, se for uma infecção, se for algo contagioso?

— Minha nossa! Tem infecção que mata quatro de repente? — perguntei para o Dantas. — Cruz credo!

Ele não soube responder:

— Chico, sou legista, não sou infectologista, mas vou perguntar para o pessoal que conheço e se for uma infecção eu te aviso, espero que em tempo... Nestes tempos de pandemia, vai saber... E, por falar nisso, você é contato de contato, interagiu com a faxineira e o zelador, que andaram por lá.

Filho da puta, me gozando! Aposto que não deve ser infecção, mas conheço o assunto como ele, ou seja, nada.

Gilberto se assustou:

— Doutor, tem gente exposta, o Marcondes, a dona Emerenciana... Se for uma infecção, eles estão por aí. A gente precisa isolar todos que tiveram contato?

Doutor Dantas não sabia. Mas conhecia nosso sistema de saúde:

— Meu amigo, até alguém resolver fazer algo assim, nem que seja uma superdoença contagiosa, vai demorar um tempão. Sugiro não esquentar a cabeça: eu mesmo estive exposto e não estou preocupado.

Fui pérfido:

— Não mesmo?

O Dantas teve a hombridade de reconhecer:

— Está bom, Chico, estou preocupado, mas do que eu sei de infecção...

— Que é pouco, como você mesmo confessou...

— Admito que sim. Mas tenho que chamar a Vigilância Sanitária, pois temos suspeita de doença infecciosa grave. Se conheço esses caras, vai acontecer uma de duas.

— Quais?

— Ou aparece um displicente que vai estudar o caso e deixa a coisa correr, ou pegamos um assustado que vai nos colocar a todos, eu, você, os caras que tiveram contato com os falecidos, em isolamento.

— Como é que é?

Doutor Dantas riu:

— Você já mandou gente para a prisão, não é? Então vai ter o prazer de ver como é: não sei onde vão colocar os contactantes, mas imagino que seja no Emílio Ribas, nosso hospital de isolamento. Nem sei se tem lugar lá, vive cheio. Tem uns quartos lá no terraço de cima de onde você vê toda a cidade; se eu fosse da Anvisa, colocava todos vocês lá. A comida é de hospital público, você nunca experimentou, e te garanto que não é a melhor experiência gastronômica.

Marcondes, que estava ouvindo a conversa, ficou assustado:

— Ficar preso, doutor? E por quanto tempo?

— E eu lá sei? Pior ainda, o cara da Anvisa também não sabe. O senhor também entrou no apartamento?

— Bem, fui lá, e a dona Emerenciana está na minha casa, com a minha patroa, ela também foi. Doutor, será que isso passa pra quem teve contato com quem foi contato? O senhor entende?

Doutor Dantas ficou pensativo:

— Isolar os contatos faz sentido. Mas isolar os contatos de contatos, aí a coisa vai longe. Vamos torcer para que o cara da Vigilância seja um otorrino ou uma destas especialidades que nada tem a ver com doenças infecciosas, e que nem pense numa coisa dessas.

Olhei firme para ele:

— E você não vai dar nenhum palpite deste tipo, vai? Olha que como delegado eu ando armado e posso ter um episódio de perda dos meus sentidos transitórios, inimputável, e dar um tiro em alguém. Alguém aqui perto...

— Você não está falando sério, não é?

— Me teste, mas me conte que tipo de infecção pode acabar em uma coisa desse tipo. Seria a peste? Um supercovid? Um vírus novo, algo dantesco... olha aí um bom nome para uma doença grave e fatal a curto prazo.

— Porra, Chico, pelo menos sei mais do que você, que se formou em Direito, não em Medicina, não é? Então, como falei, sei que existem infecções que podem matar depressa, mas pegar quatro pessoas de uma mesma família para morrerem na mesma hora fica difícil. E, por falar nisso, o tempo de morte é uma dessas coisas que vocês perguntam e a gente chuta firme, mas, pela temperatura dos corpos, as mortes ocorreram mais ou menos na mesma hora, então a hipótese de infecção fica menos provável, entendeu? Infecção pode matar, mas todo mundo ao mesmo tempo é, no mínimo, estranho.

— E quando foi que eles morreram?

— Comparando com a temperatura ambiente, e eles não ligaram o ar-condicionado, alguma coisa entre doze e vinte horas antes da dona Emerenciana tropeçar na patroa. Bom, já fiz o que o legista faz nestas circunstâncias, os corpos vão todos para a autópsia. Chico, precisa avisar a família... E eu vou avisar a Vigilância.

Tive uma grande ideia:

— Não avisa agora. Deixa a coisa correr, pois, se cada um for para um lado, eles ficam perdidos, não vão isolar a cidade inteira.

O Dantas gostou:

— Ideia sacana é com nossa polícia mesmo. Escapamos todos, incluindo os peritos e eu. Se bem que não reclamaria de ficar preso com a Marisa, e você preso com a dona Emerenciana, mas, se for infecção, coisa contagiosa considerou — se for, mas infecção não é assim, em geral. Vamos arriscar. Então, Chico, deixo vocês e, daqui a algumas horas, ligo para a Vigilância. Se ligar às cinco da tarde, eles já se mandaram, e se deixar recado só vão ver amanhã. Até aquela turma se mexer...

E lá se foi o Dantas. Agora é falar com a família.

CAPÍTULO 3

A PRIMEIRA CENA DO CRIME A GENTE NUNCA ESQUECE

Esta é a parte policial de que eu menos gosto, mas preciso fazer. Dona Emerenciana ainda estava por ali, se preparando para ir embora, e perguntei:

— Dona Emerenciana, a senhora conhece alguém da família?

Ela desatou a chorar de novo:

— A família morreu toda...

— Parentes, dona Emerenciana, parentes...

— Tem o seu Ernesto, irmão do seu Carlos. Dona Olímpia era filha única, mas os pais ainda estão vivos, a avó era uma puxa-saco do Henrique, dona Olímpia ficava até brava... Acho que os pais do seu Carlos já morreram.

— A senhora tem o endereço e telefone dessa turma?

— Está tudo lá em cima, um caderninho ao lado do telefone.

— Como é que a senhora está agora? Dá para pegar condução, voltar para casa?

A pobre mulher suspirou:

— E tem outro jeito? A vida continua, e eu preciso arrumar outra faxina porque o inútil do meu namorido está desempregado e nem faz força para arrumar emprego.

Namorido... Nossa, como dona Emerenciana está pra frente! O Marcondes e o Flávio perguntaram para mim e para o Gilberto:

— E agora, o que a gente faz?

— A gente não faz nada de especial. Seria interessante não assustar os vizinhos, vou precisar do seu depoimento, senhor Marcondes. Se preferir faço aqui mesmo, assim o senhor não precisa ir à delegacia. A não ser que prefira...

Dona Emerenciana reclamou:

— E por que o senhor não faz a mesma coisa comigo?

Tinha razão a criatura. Virei para o Gilberto:

— Vai na toca do Marcondes e anota as informações da dona Emerenciana, depois a gente dispensa, mas, se precisar de mais detalhes, ela vai ter que voltar. Assim está bom, dona Emerenciana?

Ela suspirou:

— Bom porra nenhuma! Desculpe, doutor delegado...

— Entendo. E o senhor, Marcondes?

Marcondes foi claro:

— Prefiro aqui, agora, e só uma vez, por favor.

— Não posso prometer que vai ser só uma vez: isto é uma investigação, depois, se a gente achar indícios que expliquem o que houve, pode virar processo, aí vai para a promotoria, e esses caras às vezes repetem tudo que a gente faz. Então não dá para prometer que o senhor vai se livrar deste caso só com um depoimento, mas é possível. Preciso também do depoimento do Flávio...

O porteiro se assustou:

— Doutor, eu não vi nada...

— Não é sobre o que o senhor viu, é sobre o que aconteceu quando a dona Emerenciana apareceu no saguão. Fique tranquilo, não vejo que problema pode dar...

Flávio me olhou de frente:

— Doutor, antes que o senhor descubra, eu tenho ficha na polícia por conta de um uso de droga, uma porcaria de dois pacotes de maconha.

— Por causa disso? Dois pacotes são para uso próprio, nem ficha dá!

— Bom, doutor, o senhor entende, eram mais de dois, eram uns vinte que eu estava levando para uns clientes de um amigo que trabalha com essas coisas...

Fiquei surpreso:

— Mas, seu Flávio, como é que o senhor conseguiu emprego com a sua ficha?

Flavio até riu:

— E alguém conferiu? Eu também estranhei, mas me contrataram tudo direitinho, carteira assinada e nem falaram no assunto, então eu também não falei.

— Bom, o que o senhor viu e vai me contar não tem nada a ver com a sua ficha. Só por curiosidade, o senhor saiu do ramo? Mais uma vez, não tem nada a ver, mas vender umas trouxinhas por aí ajuda no orçamento...

Flavio riu de novo:

— Ajuda se for coca, e, mesmo assim, depois que inventaram o crack, até a granfinada começou a fumar, e o mercado da coca ficou fraco. Trouxinha de maconha não vale quase nada, doutor, nem vale a pena. Estou fora, sim, agora tenho trabalho, carteira assinada, mulher e um filho, o senhor sabe, a gente fica mais velho e amadurece.

Peguei os depoimentos dos dois, nada de novo. Minutos depois, a polícia científica reapareceu no saguão, sem as roupas de astronauta. Marisa era mesmo muito bonita, o que uma mulher linda quer da vida quando mexe com cadáver, sangue, sêmen, sei lá mais o quê?

Perguntei ao José Almino:

— Já dá para entrar lá? O que é que vocês encontraram?

Ele suspirou:

— Encontramos quatro mortos, um monte de vômito e fezes em tudo quanto é canto. Quero ver o que a autópsia vai revelar. A Marisa aqui teve umas ideias...

A Marisa aqui, sacudindo o rabo de cavalo, não concordou:

— Marisa aqui não, ó! Nós dois tivemos praticamente a mesma ideia ao mesmo tempo. Pode ser alguma doença infecciosa, mas quatro ao mesmo tempo e, segundo o doutor, na mesma hora... não é assim que as doenças são.

"Então pensei em intoxicação, e fomos até a cozinha: tinha uma panela com um mingau ou um cozido, sei lá o quê, guardamos tudo nos nossos contêineres e vou pedir para o pessoal do laboratório tentar ver o que tem nesse negócio. O duro é que não adianta dizer para eles que deve ter uma toxina, eles precisam de mais pistas para escolher os testes adequados. Também guardamos o que estava na geladeira, mas não tinha nada diferente do que tem em todas as geladeiras. No quarto do moleque, tinha um baseado na gaveta, também guardamos, mas não deve ter nada a ver com nada. O Almino aqui ficou bravo quando fui cheirar o mingau..."

Almino resmungou:

— Claro, Marisa, sei lá o que tem lá, se tem a ver com esse desastre, de repente te faz mal, e quem vai te socorrer? Eu? O doutor? O delegado aqui? Nenhum de nós tem a menor ideia do que é. A única coisa boa da cheirada, se você ficasse mal, seria esclarecer a causa desta hecatombe.

Perguntei:

— Vocês, que são da polícia científica, conhecem alguma intoxicação que possa aprontar uma dessa?

Marisa balançou a cabeça:

— Doutor Francisco, nunca vi, mas sim é possível. Vou olhar nos livros, falar com o pessoal mais velho, depois te conto. Colhemos também material dos vômitos que estavam nos tapetes, e o médico legista vai pegar material do estômago para ser analisado. Se for intoxicação, a gente acaba descobrindo, a menos que seja alguma coisa que nunca foi usada. E, doutor, qual seria o motivo?

— Por enquanto não tenho a menor ideia. O que tirei da faxineira não explica nada. Mas vou atrás da família, de todas as evidências, e como a senhora falou... Fiquei curioso: como é que pega resto de vômito em tapete?

— Você nunca teve cachorro ou gato, não é, doutor Francisco? Não é difícil, é sujo. Homem nunca sabe fazer essas coisas. E, por favor, sem essa de senhora. Senhora está no céu, meu amigo. Marisa.

— Francisco, mas, por favor, não é Chico, é Francisco.

Ela riu:

— Fran pode ser?

— Fran pode.

Essa mulher está me inspirando. Será que já tem alguém no pedaço? Deve ter, um mulherão como ela não fica ignorado, mesmo no meio daquele monte de professor Pardal, cientistas forenses, esses caras não batem bem. Resolvi tentar:

— Marisa, mais tarde, se você puder, gostaria de conversar mais sobre este caso bizarro. Me dá o seu celular...

José Almino percebeu e zoou comigo:

— Quer o meu também?

— Ora, meu amigo, se precisar depois eu peço. Não quero incomodar os dois, basta um.

— Incomodar?

José Almino fez cara de dúvida, nem dei bola. Devo ter inventado um novo tipo de cantada — mas acho que não, cantada no serviço é a coisa mais velha do mundo. Politicamente incorreta, mas que diabo, eu não sou chefe dela, estou em outra repartição, nem a mais feroz feminista teria como me condenar — ou teria?

Os dois se foram. Gilberto, que ainda estava conversando com o Flávio e o Marcondes, me perguntou:

— Tem mais alguma coisa pra gente fazer?

— Ter até que tem, e muita. Temos todos os endereços e contatos dos que primeiro adentraram na cena, agora precisamos analisar as vítimas.

— As vítimas? A gente precisa é procurar o criminoso.

— Gilberto, quando pode haver um crime, a primeira pista é a vítima: quem ela é, com quem teve contato, qual o possível motivo, então neste caso vamos fazer o seguinte: aguardar a autópsia. Vou tentar apressar aqueles mocorongos da Medicina Legal, e depois vamos nos debruçar sobre cada uma das vítimas. São quatro, vamos dividir: eu fico com duas, o Carlos e a dona Maria Olímpia, e você se debruça em todas as informações possíveis sobre a Laura e o Henrique. Vamos à cena do crime.

Gilberto me olhou meio sem graça:

— Precisa?

— Gilberto, agora que a polícia científica já avaliou, é a nossa vez de examinar o local cuidadosamente. Leva o caderno e desenha a planta do apartamento, abre as gavetas... Lembra do curso de delegado? Pois então, aplique os conhecimentos *delegais*.

E lá fomos. Apartamento completamente emporcalhado, as vítimas ainda no local. Até o médico legal chegar, demora. Dividi o trabalho com o Gilberto:

— Vá fazendo a planta, como falei, e vamos abrir todos os armários e todas as gavetas e recolher o que tem dentro. Pega o caderninho de endereços ao lado do telefone. Se encontrar dinheiro, conta, põe em um envelope e escreve quanto achou. Tem colegas nossos que pegam algum como bônus, mas não faça isso, acho horrível roubar de morto.

Gilberto não gostou da recomendação:

— Francisco, você acha que eu seria capaz de uma coisa desse tipo?

— Não, tenho certeza de que não, mas estou tão acostumado com nossos caros colegas, que não resisti.

Gilberto olhou em volta e observou:

— Aqui na sala não tem problema, mas nos quartos aposto que tem cabeceira com gaveta baixa, e não estou a fim de ajoelhar em tapete com toda esta sujeira.

— Gilberto, polícia faz isso e até coisas piores. Vai e não resmunga, eu pego os dois quartos maiores e você os menores, e, se tiver que ajoelhar, depois a gente manda a conta da lavanderia para o delegado-geral.

Gilberto atalhou, inocentemente:

— E ele paga?

Ri de novo:

— Não conheço nenhuma tentativa que tenha dado certo, mas tentar não ofende, não é?

Gilberto estava cabreiro:

— E, se for uma infecção superinfectante, vamos nos expor?

— Vamos. Como os colegas da perícia. Você é um policial ou um rato?

Gilberto começou a desenhar a planta do apartamento, resmungando:

— Preferia ser rato. Este sapato já era depois de pisar neste tapete. Olha como está.

Ele tinha razão, fui solidário:

— O meu também, se te consola...

Gilberto olhou para mim como quem não gostou da observação:

— Não consola.

Nos separamos, e entrei nos dois quartos grandes. Um claramente do senhor da casa: quarto de homem, armário até pequeno, uma mesa tipo escritório. Abri as gavetas, achei contas, um talão de cheques, duas canetas Bic — o cara podia ter uma caneta melhorzinha, uma Montblanc, mas não tinha.

Um criado-mudo, três gavetas, a de cima com abotoaduras, ainda tem gente que usa isso? A segunda gaveta com meias, nada além das meias, e a terceira com um relógio sem funcionar, o cara nem se deu ao trabalho de trocar a pilha, mais canetas e uns remédios: Tylenol, Aspirina — para que os dois se servem para a mesma coisa? E, claro, uma caixa de Cialis. No armário só roupas, devidamente arrumadas por categoria. Nada mais.

O outro quarto deveria ser o da dona Olímpia. Dava para um closet enorme, muita roupa e um monte de sapatos. Não sei por que mulher gosta tanto de sapato. Mesa de cabeceira também de três gavetas: a de cima com dois cadernos tipo de endereços. Hoje em dia isto é inútil, a gente procura é no computador, idem quanto a telefones. Um dos cadernos parecia ser de endereços e telefones de amigas, o outro me pareceu mais interessante, pessoal de saúde e beleza: médicos, cabeleireiro, personal trainer. Guardei. Bem na gaveta de baixo, joelhos das minhas calças devidamente contaminados...

Gilberto me encontrou no quarto da senhora. Perguntei:

— O que é que achou?

— No quarto que deve ser do menino, do Henrique, achei baseados e um pacote de camisinhas, normal em quarto de macho adolescente. Também tinha umas pílulas num frasco. Pus tudo num envelope, mando depois para a perícia. No quarto da menina, bem quarto de menina, cheio de coisas cor-de-rosa, um cachorro de pelúcia na cama, achei na mesa de cabeceira uma receita de Ozempic e umas cartelas de anticoncepcional. Normal em quarto de adolescente moça... Na escrivaninha, só papéis de carta, canetinhas coloridas e alguns livros de colégio. Na mochila, nada de interessante.

— E foi só isso?

— Foi. Nenhum computador, os celulares devem estar nos bolsos das vítimas, mas não tive coragem de revistar. Precisa?

— Claro que precisa. Você já se sujou, eu também, vamos lá. Celulares, carteiras, o que mais houver nos bolsos.

Duas carteiras, no corpo dos dois homens. Nada de muita grana, fizemos o que falei para o Gilberto: contamos o dinheiro, pusemos em um envelope e registramos o quantum. Abrimos as bolsas, que estavam nos quartos femininos, mas só tinha coisa normal de bolsa: batom, a menina tinha uns tampões, lenços de papel, nécessaires com maquiagem, chaves, uns papéis com recados.

Na bolsa de dona Maria Olímpia, ainda havia uma medalhinha de proteção de Santa Edwiges. Envelopamos tudo e marcamos o que achamos e em que lugar. Quatro celulares, computador nenhum, curioso achar adolescentes sem computador, mas hoje eles usam mesmo é o celular, que não deixa de ser um computador de tela pequena. Na minha idade, aquela letrinha é uma desgraça, e, se aumentar o tamanho da letra, tem que ficar jogando a frase de um lado para o outro. Não tenho saco, mas a molecada tem.

Enfatizei para o Gilberto:

— Tem que analisar a cena do crime, tem que ir lá, tem que gastar a sola do sapato...

Gilberto quase rosnou:

— A sola tudo bem, mas o sapato inteiro, mais a roupa, não é demais?

Faltou a cozinha, a despensa, a lavanderia e o quarto de empregada. Fomos nós dois. Na cozinha, nada de interessante, o que lá tinha o pessoal da técnica já havia levado. Na despensa idem, só tinha eletrodomésticos, nada de perecível. O quarto de empregada era um depósito de coisas inúteis, tapetes velhos, uma cadeira desmilinguida, um monte de sacolas de papel de várias proveniências. Malas de viagem com roupas velhas. Nada relevante.

Olhei para o Gilberto, ele olhou para mim e caímos na risada, nem lixeiro anda tão sujo. Fiz uma proposta:

— Gilberto, vamos cada um para sua casa, trocamos de fatiota e voltamos para a delegacia. Foi sua primeira cena de crime, não é? Que tal?

— Horrível!

— Ouve um velho policial. Se te disserem que a gente se acostuma, é mentira.

CAPÍTULO 4

OS SACOS DE ARROZ QUE SUMIRAM

Ao voltar à delegacia, depois de tomar um banho — e acho que o Gilberto fez a mesma coisa —, já tinha um recado do doutor delegado-chefe. Inevitável: quando morre gente mais rica, aparecem os caras lá de cima, querendo usar o caso para subir na carreira, acertar os inimigos, ser servil com algum figurão ou tudo isso ao mesmo tempo. Nosso doutor delegado-chefe não é dos piores que já me atazanaram, é até um cara que se poderia chamar de boa praça, simpático, gentil, sem pisar nos subordinados. Mas, afinal, se ele chegou aonde chegou, não foi sendo uma Madre Teresa.

Não sei por que fui falar de Madre Teresa. O Joaquim, meu amigo médico, a detesta. Segundo ele, a religiosa se especializava em não dar tratamento a doentes que talvez pudessem ser tratados, já que se preocupava muito mais em preparar as almas para uma outra vida. Bem, certamente este caso não tem nada a ver com Madre Teresa, e muito menos com aquele musical da minha juventude, *Oh! Calcutá*, uma paródia com o nome da freira que deve ter indignado a alma da própria.

Estou terrivelmente filosófico hoje. Vamos ao trabalho e começar a analisar quem foi o senhor Carlos. A primeira coisa que fiz foi pegar o cartão que achei ao lado do telefone da casa dele e ligar para a firma: CARLOS — DIRETORIA — COMODYTEL. Que será que uma firma com esse nome faz?

Liguei para lá, caí na recepcionista — a empresa deve ser robusta para não cair na primeira secretária —, me apresentei, mas ela não entendeu muito bem:

— Doutor Francisco, da polícia? E o senhor quer falar com quem? Não sei quem chamou a polícia, mas vou passar o senhor para dona Núria, que é quem coordena os problemas de logística.

Não quis falar do desastre, a gente ainda tem que notificar os parentes, mas achei melhor procurar os importantes do trabalho do Carlos; não ia começar pela recepcionista. Quanto à dona Núria:

— Pois não. Núria. Em que posso servi-lo, delegado? Se é por conta daquele problema com os sacos de arroz que sumiram, eu sei que o Carlos falou que ia chamar a polícia, a gente tem uma suspeita...

— Não, dona Núria, não é sobre esse assunto. O Carlos era o executivo-chefe da empresa?

Ela riu:

— Agora é assim que chamam o dono?

— Explique-me o que a firma faz.

— Nós somos uma firma de logística de cereais. Compramos do produtor pelo melhor preço, assim ele fica tranquilo para fazer suas despesas, transportamos e estocamos os cereais e depois comercializamos. Como o senhor sabe, os preços dos cereais variam demais, então o produtor tem a segurança, a garantia de receber; se o preço cair, o problema não é dele, é nosso...

Comercial da firma. Só faltou dizer que trabalham pelo amor ao produtor, estou ouvindo ecos de Madre Teresa de novo, mas é claro que isto é só a propaganda. Perguntei:

— E o senhor Carlos é o dono. Tem mais donos?

— Tem sim, senhor, são três sócios: o Carlos é o mais velho e o fundador da firma, o Alexandre e o Moraes vieram depois. Se o senhor quiser conversar com um deles, o Moraes está aqui, eu passo o senhor para ele.

E agora? Bom, é preciso avisar, afinal é uma firma, tem seus controles, alguém lá tem que saber que o seu Carlos não é mais o diretor, não por vontade dele, mas pelas desgraças do destino — ainda não ficou claro o que aconteceu. Acho melhor fazer isto frente a frente, não por telefone e com a intermediação da dona Núria, da recepcionista e de quem mais puder ficar fuçando na linha. O pessoal fica ouvindo, disso eu tenho certeza.

— A senhora me dá o endereço, que eu vou aí pessoalmente. Acho melhor.

Dona Núria ficou surpresa:

— Por causa daqueles sacos de arroz, o senhor quer vir aqui? Nem foi tanta coisa, o Moraes tem certeza de que é mais um erro de contagem do que sumiço, mas agora que o arroz ficou caro, o seu Carlos estava cismado se não foi roubo. Até pode ser, mas são uns poucos sacos... e a gente tem quase certeza de que é um dos encarregados do galpão...

Ah, meu saco, já disse para ela que não era por conta dos sacos de arroz, mas parece que ela não entendeu. Tudo bem, insisti:

— Eu vou sim, me dá o endereço.

Chamei o Gilberto:

— Achou o seu Ernesto, irmão do seu Carlos?

— Achei, Francisco, tem um destes nomes de meio quarteirão: Ernesto de Lima e Rocha Monteiro Marques da Cruz. Achei também o endereço e os nomes dos pais de dona Olímpia.

— Então, meu amigo, vamos fazer aquela coisa prazerosa de nossa profissão: avisar a família que a família encolheu de modo drástico. Isso é com você.

Gilberto me olhou boquiaberto:

— Francisco, como é que você consegue ser irônico desse jeito, com uma catástrofe como esta, uma família inteira... Será que vou ficar assim quando tiver mais tempo de polícia?

Suspirei:

— Vai, Gilberto, vai, a menos que você prefira pedir as contas e ir para outro ramo do direito que não lide com estas coisas. Se você ficar, vai precisar ter os mecanismos de resiliência de que todos nós precisamos, e o melhor deles é o humor ácido.

Gilberto não gostou:

— Preciso preservar a minha humanidade, não foi assim que eu imaginei a profissão, não mesmo.

— Então pega o carro da delegacia, ou se preferir pega o teu, fica menos espaventoso, e vai lá nos dois endereços: um é em Higienópolis e o outro na Barra Funda.

Comunica a eles o que aconteceu, que estamos apurando os fatos, e que alguém vai ter que ir ao instituto médico legal reconhecer os corpos.

Gilberto resmungou:

— Tudo bem, mas a dona Emerenciana e o seu Marcondes já reconheceram.

— Tem que ser parente, a menos que não exista nenhum parente. Vai, meu amigo, faz parte da profissão que você escolheu...

Gilberto foi, e eu voltei para o escritório. Peguei um livro de Medicina Legal, para ver se tem alguma infecção fulminante que possa explicar o caso. Não tem. Pelo menos não naquele livro. Claro que, em sendo coisa médica, o livro está desatualizado. É como livro de Direito. Nos dois casos, na hora que o livro chega ao leitor, já se passaram mais de dois anos e muita coisa mudou. Na nossa fúria legiferante entre o livro pronto para edição e o livro na prateleira do leitor, são pelo menos dois anos no caso de livros de Direito: suponho que em Medicina seja ainda pior.

E envenenamentos? Isso já seria mais possível, mas, se tem alguma coisa rara na nossa experiência de defensores das leis, é algo deste tipo. Se fosse na época da Renascença, provavelmente seria a primeira hipótese: os Médici de Florença eram peritos no uso desses insumos quando confrontados com adversários políticos. Os Bórgias, como o papa Alexandre VI, tinham um anel que abria e soltava pó de arsênico no vinho dos convidados. Bem, isso não acabou com a Renascença ou com os papas e políticos da época. Tem o presidente da Rússia e seus asseclas que andaram aperfeiçoando a arte de envenenar os inimigos.

Hoje em dia não se usa mais arsênico, antimônio, mercúrio, chumbo, tudo isto é muito fácil de detectar. Veneno de rato é um pouco mais complicado, mas também dá para traçar. Não, o pessoal da Rússia tem usado polônio radioativo — uma inovação importante nesta arte. Ou os agentes anticolinesterase, que são muito potentes e podem ser líquidos ou gases, o tal do novichok. O ditador da Coreia do Norte não matou um irmão assim? O Saddam Hussein não liquidou um monte de curdos com um gás desse tipo? Como arma de guerra não foi grande coisa, sobrou muito curdo para depois se afogar no Mediterrâneo, a caminho da Europa...

Mas quem poderia fazer a sacanagem de envenenar uma família inteira, a troco de quê? Alguém do mercado de cereais?

Para ligar para o pessoal da polícia científica, é muito cedo. As autópsias devem ser feitas entre hoje e amanhã, se o pessoal do médico legal se mexer. Provavelmente vai, já devem ter levado a chamada do delegado-chefe para não deixar isto para as calendas, e para não deixar a autópsia inteira ser feita pelos funcionários e depois só assinar o laudo. Como é um caso diferente, até acredito que eles se interessem. Melhorou muito o nível dos legistas — antes era um cabide de empregos para cirurgiões desempregados, sem falar na turma que dava laudos de morte por enfarte ou acidente de trânsito a comunistas em 1968 e adjacências.

Estou lá pensando, parado, olhando para o teto, e me liga o Gilberto:

— Chefe — Deve ter gente perto, já pedi para ele não me chamar de chefe, chefia, chefete ou algo do gênero, pelo menos quando estiver só comigo, mas ou não quer aprender ou acha graça em me transformar em chefe —, já avisei a família...

— Difícil?

— Muito. A velhinha, mãe da dona Olímpia, precisou de assistência médica.

— Como?

— Fui até o apartamento dela, é gente rica, e ela é bem velhinha, deve ter passado dos oitenta. Então me apresentei, ela não entendeu o que fazia na casa dela um delegado, me disse que não tinha chamado, que não estava faltado nada, que a empregada era de toda a confiança. Essa empregada estava lá, agradeceu, eu pedi para ela sentar e contei, e aí foi aquela confusão: ela se sentiu mal, a empregada chamou o médico dela, que me deu o maior esporro por telefone, me disse que não é assim que se conta uma má notícia...

— Ah, é? E como o doutor conta?

— E eu sei? Ele apareceu logo depois, mora perto, deu umas pílulas para ela tomar, e me mandou sumir. Claro que nem passou pela minha cabeça pedir a ela que identificasse os mortos...

— E o irmão do Carlos?

— O seu Ernesto foi bem mais fácil, estou com ele aqui no carro, indo para o médico legal. Ele não via o Carlos há uma semana, me disse que estava tudo bem com ele, os negócios correndo bem, com os problemas que qualquer negócio sempre tem, que ele se dava muito bem com os sócios, eram mais três amigos do que três sócios comerciais...

— Ok, Gilberto, depois me traz ele aqui. Quero ver se tiro mais alguma informação.

— Sim, chefe.

Ah, meu saco, continua me chamando de chefe. Dá vontade de dar uma de chefe e pedir que me faça uma revisão de todos os tipos de venenos existentes, biológicos e não biológicos, na internet. Vai ficar horas em cima do assunto...

E o pior é que vamos ter que fazer isso mesmo. Interessante até que é, mas nossas funções *delegaciais* não são exatamente as de pesquisadores, ainda mais neste assunto complicado.

Uma hora depois me aparecem o Gilberto e o senhor Ernesto: cara durão, alto, forte, sem choro. Fui perguntando:

— O senhor tem alguma ideia do que pode ter acontecido?

— Nem a mais pálida ideia. Será que foi este vírus que está dando por aí? Que horror reconhecer os corpos, não me deixaram ficar perto, foi tudo pelo visor, a turma do outro lado vestido de astronauta... É sempre assim?

— Não, é que há suspeita de doença infecciosa, a gente toma as precauções para não contaminar ninguém.

— Mas tem doença assim? Este vírus novo?

— Não, parece que não, se bem que o filho da puta é um vírus novo, então a gente realmente não sabe. Vamos ver o que as autópsias revelam. Mas, por favor, me conte do seu irmão, sua cunhada, seus sobrinhos.

Ernesto se sentou, respirou fundo:

— O Carlos sempre foi um boa-praça, amigo de todo mundo, sem um inimigo na vida, não estudou porque não quis, bem que meus pais insistiram. Eu me formei em administração, e ele se formou na escola da vida, como dizia.

"Namorou um monte de meninas, ele tinha muito mais sucesso que eu, casou-se com a Olímpia já mais velho. Encontrou a Olímpia numa quermesse, não sei o que o malandro do Carlos estava fazendo em festa de igreja, depois que ele cresceu nunca pisou numa. Deveria estar atrás das moças, e aí se deu mal, arrumou uma para se casar. Mas não reclamou, casou-se, teve os filhos, enfim, seguiu a vida."

— E o senhor?

— Eu trabalho na Fiesp, desde que me formei. Fui subindo na carreira, agora me promoveram, enfim é um serviço razoavelmente bem pago.

— Casado?

— Não, ainda não. E é aquela história: depois dos quarenta quem não se casou não se casa mais. Mas tenho uma companheira, a Viviane. Nós dois temos nossa vida profissional, cada um no seu canto, a gente se encontra quando dá, viaja junto... A Olímpia vivia me enchendo para que transformasse a Viviane numa mulher honesta, a Viviane ria e dizia para ela que preferia ser mantida como mulher desonesta...

— E como o Carlos se dava com a mulher?

— Bem. A Olímpia era bem quadradona, bem convencional, e o Carlos me confessou que às vezes dava uma escapada. Mas qual é o cara casado que não pula a cerca? O senhor conhece algum?

— Deve existir, mas concordo com o senhor que é bicho raro. O senhor tem certeza de que dona Olímpia não sabia dessas aventuras do Carlos?

— Certeza, certeza não tenho, acho que ninguém pode ter. O Carlos tomava cuidado, até porque ele me disse que a Olímpia era ciumenta e ficava brava quando ele, na rua ou no clube, ficava olhando muito uma moça, mas nunca soube de nenhum entrevero dos dois por causa disso.

— E o Henrique, como é que era?

Ernesto sorriu:

— Um vagabundo consciente, sabia que era *vagal* e não se importava. O pai ficava no pé dele, mas o moleque não dava bola, e, naturalmente, era o queridinho da Olímpia. Se o Carlos desse uma bronca no menino, ela achava que era má vontade, que o menino precisava de apoio, não de bronca, que era só uma fase da vida, que o Carlos também tinha aprontado poucas e boas no tempo dele. O Carlos rebatia dizendo que sempre trabalhou, que o problema era que o Henrique nunca precisou trabalhar e que ele iria melhorar muito se fosse procurar um emprego. Enfim, essas coisas de pai e filho. Acho que é sempre assim, a mãe prefere o rapaz; o pai, a menina.

— E a Laura?

Ernesto suspirou:

— A Laura era uma graça, bem adolescente, vivia brigando com a Olímpia. Também... A Olímpia era aquela mãe que queria saber a cada instante onde a Laura estava, ficava ligando para o celular dela toda hora. Eu lembro de uma vez que estava com o Carlos no escritório e ela ligou indignada. O Carlos começou a rir, ela ficou mais indignada. Ele desligou e caiu na risada, eu perguntei o que era, ele nem conseguia falar de tanto rir, no fim me contou...

— E o que era?

— A Olímpia ligou para o celular da menina às nove da manhã, quando percebeu que ela não tinha dormido em casa. A Laura atendeu e explicou: "Mãe, estou no motel com o Ruy, já volto".

— E era verdade?

— O Carlos me contou depois que não, ela tinha passado a noite na casa de uma amiga, estudando para uma prova. A Laura levava o estudo a sério, mas quem convence a Olímpia que era zoada da menina? O Carlos se divertiu dias seguidos com esta história, a dona Olímpia depois deu uma de detetive, foi falar com a amiga, que jurou que naquele dia, ou melhor, naquela noite, a Laura estava com ela. Ela até deu uma chamada na Laura quando ela falou aquela batatada, mas que foi gozado foi... Acho que no fim a dona Olímpia se convenceu, mas deve ter ficado ressabiada.

— O senhor quer dizer que a menina era farrista?

— Não, senhor, era uma menina alegre, gozadora. Adolescente é assim mesmo, ainda bem que ela se dava muito bem com o Carlos, ele se derretia todo pela Laurinha.

Fez uma pausa, deixou escorrer uma lágrima, durão e tudo, mas tem limite para a dureza, suponho.

Fiquei pensando:

— Tem mais alguma coisa que o senhor possa me dizer?

O Ernesto coçou a testa:

— Agora não me ocorre, talvez depois...

— Então o senhor tem aqui meu cartão, meu telefone aqui e o celular, qualquer nova informação, não segure, passa pra mim.

— Quando vão liberar os corpos para a família? Preciso falar com o advogado da empresa do Carlos; ele também ajudava nas coisas pessoais, nem sei se o Carlos e a Olímpia têm testamento, garanto que o Henrique e a Laura nem pensaram nisso...

— O médico legista é que sabe quando liberam os corpos. O senhor precisa entrar em contato com eles. E, se quiser uma recomendação, se o seu advogado ou alguém se dispuser a enfrentar a burocracia mortífera, eu seriamente recomendo. Não dá pra nesta hora lidar com este tipo de coisas...

O senhor Ernesto se despediu, ficou o Gilberto:

— E agora, Francisco?

— Agora vamos até a firma, falar com os sócios, a dona Núria dos sacos de arroz, ver se tiramos alguma informação deste povo. Liga pra empresa, avisa que é a polícia e que quer falar com todos os sócios e hoje...

Gilberto foi lá para a sala dele e voltou:

— Falei com a Núria...

— A dos sacos de arroz?

— A própria. Quando falei que era da polícia, ela insistiu no raio dos sacos, aí expliquei que não, que era outro assunto e que meu chefe, você em pessoa, queria falar com todos os sócios e mais ela e mais gente do escritório, para todo mundo ficar lá disponível.

— E ela?

— Você não vai acreditar, mas ela se espantou de tanta polícia por conta de uns sacos de arroz que ela acha que nem queixa deram...

— Vamos ver a surpresa da dona Núria.

CAPÍTULO 5

O CADERNINHO VERMELHO

A empresa era um escritório pequeno numa travessa da avenida Brigadeiro Luiz Antônio, num prédio de escritórios pequenos. Não era lá que guardavam os cereais.

Nem recepção tinha; fomos entrando, havia lá na parede o nome das firmas e andar: a deles era no primeiro, subimos pela escada mesmo depois de olhar para o elevador, daqueles bem antigos, modelo jaula. Melhor fazer exercício do que ficar preso...

Havia uma recepcionista bem arrumadinha, e eu nos apresentei:

— Delegados Francisco e Gilberto, o doutor Gilberto já avisou a dona Núria que a gente vinha.

A menina sorriu — recepcionista sorri profissionalmente:

— Sim, doutores, estão todos na sala de reunião, vou levá-los até lá.

Perguntei só de sacana:

— Dona Núria também?

— Sim, ela é nossa gerente administrativa, minha chefe.

— E que tal?

— Chefe, né?

Gilberto se divertiu:

— Veja lá o que você vai falar, o Francisco também é chefe.

A menina sorriu de novo, mas acho que desta vez foi espontâneo:

— É seu chefe? O senhor sabe que chefe tem aquelas manias de chefe: cobra, incomoda, resmunga quando a gente atrasa — por isso que é chefe.

Perguntei, curioso:

— Você não quer ser chefa?

Ela riu de verdade:

— Mas nem... O que eu quero é acabar minha faculdade e ir para a minha profissão, não tem carreira para recepcionista. A gente é mais um enfeite...

— E você é muito bonita.

A menina não levou a mal, mas também não deu corda.

— Obrigada. A sala de reunião é aqui.

A sala era grande, e lá estavam sentadas e curiosas três pessoas. Levantaram e foram se apresentando:

— Eu sou o Alexandre.

— Manuel Moraes.

— E eu sou a Núria, com quem os senhores entraram em contato.

Gilberto, com aquela técnica que deve ter aprendido com algum psicólogo policial, foi falando:

— Temos uma péssima notícia, horrível, para dar a vocês: o Carlos morreu.

Deu para ver o clima de consternação geral; dona Núria começou a soluçar. O Alexandre perguntou:

— Enfarte? Mas por que vem a polícia avisar?

Moraes atalhou:

— Crime? Assalto?

— Senhores, é horrível, mas o senhor Carlos, a dona Olímpia e os dois filhos morreram juntos e estamos investigando o que pode ter acontecido. Não temos evidências de violência, então a gente está entre doença ou intoxicação.

O Alexandre, pálido, desabou numa cadeira.

— Não acredito. Estas coisas não acontecem, pelo menos não com a gente...

O Moraes, que me pareceu mais frio, não concordou:

— Aconteceram, meu amigo.

E abraçou o Alexandre, que estava realmente a ponto de estourar ou desabar. Deu dó, mas a gente que é policial não pode ter dó, tem que ir ao problema, nem que seja com falta de humanidade. Então expliquei o procedimento:

— Preciso falar com todos vocês, um a um, e de preferência agora. Eu sei que a hora é horrenda, que vocês acabaram de levar um choque, mas, quanto mais cedo a gente apurar o que foi, melhor para todo mundo. E por favor, como norma, a gente prefere que não troquem ideias entre vocês, pelo menos agora. É possível cada um ficar na sua sala, enquanto a gente conversa com o primeiro?

— Claro que é — concordou Moraes —, cada um de nós tem uma sala, então eu vou para a minha, o Alexandre para a dele e vocês podem começar com a dona Núria.

Aceitei a sugestão:

— Ok. Dona Núria, a senhora acha que dá para conversar agora?

Ela enxugou algumas lágrimas, notei que borrou toda a maquiagem, e suspirou:

— Tudo bem, vou eu primeiro.

Os outros dois saíram da sala, pedi para o Gilberto acompanhá-los para ter certeza de que cada um foi para seu canto:

— Deixa que eu entrevisto a dona Núria, você fica de olho nos dois, realmente não quero que um converse com o outro e a tentação é enorme.

— Tudo bem, eu fico conversando com a recepcionista... Qual será a faculdade que ela está fazendo?

— Que interesse pela cultura da juventude...

— Porra, Francisco, não amola. É só curiosidade, ou você acha que tenho segundas intenções?

— Primeiras, mas deixa pra lá. Só garanta que os dois não conversem.

Dona Núria, ainda chorosa, resolveu dar um palpite:

— Doutor, eu leio livros policiais, sei que nestes casos os sócios são os primeiros suspeitos se for crime, mas quero que o senhor saiba que os três se dão muito bem, sempre se deram, têm discussões sobre o negócio porque sempre há algum motivo, mas com certeza nem o Alexandre nem o Moraes têm nada a ver. E, doutor, se for doença contagiosa, como é que ficamos?

"Eu tenho filhos, sou asmática, já chega o medo deste vírus que está dando por aí — ou será que foi ele? Todos nós que estamos aqui interagimos com ele, a gente vive com ar-condicionado ligado, as salas são pequenas, a gente sempre está se reunindo. O que o senhor acha que a gente, aqui da firma, deve fazer se for o tal vírus?"

— Dona Núria, eu não sou médico. Vão avisar a Vigilância Sanitária e eles vão orientar todo mundo.

Esqueci da Vigilância! Ah, meu saco! O Dantas deve ter avisado esses caras, não acredito que eles sejam tão relapsos como ele descreveu. O Gilberto até me perguntou na delegacia:

— Já lidou com essa turma da Vigilância?

— Já, é uma repartição municipal, subordinada a uma estadual, que por sua vez é subordinada de uma federal, que deve ser subordinada a uma internacional. Intergaláctica ainda não, mas, o dia que aparecer alguma, aposto que estarão ligados à dita. Prepare-se para muita confusão.

— Confusão por quê?

— Tenho um amigo médico que lida com estes caras, eles ganham o troféu *Enrolation* com folhas de carvalho.

— Folhas de quê?

— Carvalho, meu amigo, carvalho. É uma menção à decoração da Cruz de Guerra germânica, não é o que você está pensando nesta mente suja, tirando uma letra...

Gilberto riu. Continuei:

— Mas voltemos ao aqui e agora, depois a gente lida, se precisar, com o raio da Vigilância.

Dona Núria insistiu:

— Devo falar com meu médico? Ele cuida da minha asma faz tempo, é pneumologista, preciso?

Fui franco:

— A gente ainda não sabe o que aconteceu, se foi doença ou veneno. Seja lá o que for, a investigação está no princípio do começo. Se a senhora se sentir mais confortável, com certeza fale com seu médico, mas não sei o que ele pode recomendar. O que eu posso garantir é que, assim que soubermos o que foi, vamos informar a todos os possíveis contatos para as providências que forem necessárias.

Parece discurso de político na véspera de eleição, mas falei o que pensei, não dá para ir além disto.

Pedi à zelosa dona Núria:

— Me diga como estava o Carlos nos últimos dias?

Ela suspirou:

— Mais normal, impossível. Sempre bem-humorado, brincando com o Moraes, que é mais sisudo, contando piada. Os negócios estão sobrevivendo a esta maldita doença, ele até brincou comigo sobre os tais sacos de arroz que sumiram, logo depois veio o aumento de preço do arroz, para a empresa um presente: vamos ganhar agora tudo o que não ganhamos durante a pandemia.

— E ele falava da família, se abria com a senhora?

— O Carlos era transparente, não disfarçava nada, quando ele tinha um pau com dona Olímpia, eu ficava sabendo, mas ele levava numa boa, dizia que casamento é assim mesmo. Ele estava mais preocupado com o Henrique, dizia que o moleque não amadurecia, que ele precisava trabalhar para algum patrão que não fosse da família, e me disse que estava quase convencendo o Henrique a fazer isso em vez de sair pelo mundo.

"Ele disse para o Henrique que, depois de viver a vida de empregado e resolver o que fazer depois, uma faculdade de preferência, ele poderia até sair por aí, mundo afora. O Carlos se divertia com a namorada do filho, a

Soninha, que ele achava meio tonta, como me dizia, igual ao Henrique. Tinha certeza de que não ia durar, ele dizia para o Alexandre que, quando era jovem, também experimentava todas que desse. O Alexandre até brincou com ele, falou: 'Oh, Carlos, todas que dessem não, todas que davam...'. E ficamos os três rindo..."

Interrompeu, com lágrimas:

— A gente era mais que companheiros de empresa, a gente era um grupo de amigos, eu não me conformo com esta tragédia...

Deixei dona Núria chorar mais um pouco, devia ter trazido uma caixa de lenços de papel, sempre muito útil nestas ocasiões, mas, já que não tinha, emprestei meu lenço mesmo. Rasgado, estava passando da hora de jogar fora, vai ficar de presente para dona Núria.

Perguntei:

— Algum problema nos negócios, algum inimigo, alguma briga comercial?

Dona Núria foi enfática:

— Não, senhor. Não tivemos nenhum grande drama comercial ou tentativa de compra da firma. Ela é pequena, e a gente sabe que sempre tem uma empresa grande farejando, mas não havia nada disso. A gente lida com os caras que plantam arroz, fazemos a compra por antecipação e até financiamos. Problemas temos, mas nada mais grave, tem gente que não entrega na hora que deve, ou entrega atrasado, ou pede aumento mesmo quando antecipou a compra, mas isso se resolve. Nosso pessoal de vendas é pequeno, nossos clientes são também poucos e não temos nenhum problema, neste momento, que eu saiba, com nenhum deles. Não, doutor Francisco, se foi um crime, a causa não está aqui. Desculpe insistir, mas o senhor, com a experiência de delegado que tem, acha que é crime ou doença?

Boa pergunta, se eu soubesse a resposta... Fui sincero:

— Dona Núria, eu não sou médico, mas doença assim pegando toda uma família ao mesmo tempo é muito esquisito. No momento estamos entre as duas possibilidades, e eu tenho a obrigação de procurar todas as alternativas. A senhora, que é administradora da empresa, tem mais alguma informação pessoal do Carlos?

— O senhor quer dizer...

— É, dona Núria, algum caso dele, alguma coisa assim...

A mulher resmungou:

— Se houver algum caso deste tipo, quem pode saber é o Alexandre, amigão dele. O Moraes provavelmente não, ele é menos dado. E comigo certamente o Carlos não falava dessas coisas, sempre brincava e tal, era muito bem-humorado, mas sobre a vida pessoal dele não, não sei de nada desse tipo. A dona Olímpia às vezes ligava para cá e queria saber do marido, e, quando ele não estava, queria saber para onde foi, mas isso toda mulher casada faz, não faz?

Sei lá, nunca fui casado e sinceramente não tenho a menor vontade de experimentar este feliz estado civil. Só das aulas de Direito da Família já depreendi que é melhor fugir disso, e, se for um dia cometer esse deslize, que seja após uma convivência de uns vinte anos no mínimo.

— Dona Núria, tem mais alguma coisa que a senhora possa me informar? Deixo o meu cartão, tem o celular aí.

As entrevistas com o Alexandre e o Moraes nada acrescentaram ao que a dona Núria me contou. O Morais me disse:

— Este nosso negócio é feito na base da confiança: o produtor não pode se sentir roubado, passado para trás. E a turma esquece coisas básicas, como que ele recebe quase um ano antes, e o preço depois carrega. É claro, com a inflação, ele fica achando que deveria ter recebido mais. Mas o Carlos era ótimo no papo com eles, a gente não é tão bom, o Alexandre melhor que eu...

Saímos de lá praticamente na mesma. Bom sair do clima de luto, mas estou acostumado, a gente da polícia deixa este bafo de desesperança por onde passa... O Gilberto me perguntou:

— E agora, chefe?

— Já te falei pra não me chamar de chefe, nem doutor. Barbaridade... É Francisco. E não é Chico, deixa eu enfatizar, não é Chico.

Gilberto gargalhou:

— Deve ser a décima quinta vez que você enfatiza que não é Chico. Tá bom, não é Chico. Então, Francisco, e agora?

— Agora vamos voltar para a delegacia e ver o que os nossos legistas têm para nos contar. Têm que ter alguma pista...

Liguei para o João Almino. Preferia falar com a Marisa, mas o João tem mais tempo de casa e mais experiência. Ele não estava muito seguro:

— A autópsia de todos é hoje mais tarde, o laboratório já recebeu aquele monte de amostras que colhemos no local, e eu continuo sem saber se é doença ou intoxicação. Falei com um colega infectologista, ele nunca viu tanta morte junta por infecção em tempos modernos, mas me disse que existem descrições de episódios assim em algumas ocasiões históricas: durante a grande epidemia de influenza de 1918 e mais ainda durante a peste negra, na Idade Média.

— Poderia ser algo assim?

— Poder sempre pode, mas influenza este ano quase não deu, por conta da covid. A covid, segundo o infectologista, não mata muita gente de repente, a doença não é assim. E peste aqui em São Paulo, em bairro rico? Não conjumina. Nenhuma das vítimas tinha os gânglios visivelmente aumentados, os bubões que dão nome à doença, mas o infectologista me disse que poderia ser a peste pneumônica. Agora, com diarreia e vômito, que é o que nós vimos, também não bate, porque a peste pneumônica, como o nome diz, é pneumônica, pelo menos eles teriam falta de ar e tempo de pedir socorro. Cada vez mais acho isto com cara de tóxico, mas qual? Enfim, vamos esperar os exames e, por favor, Francisco, não fica no meu pé o tempo todo que isso não apressa os resultados da turma do laboratório.

Eu ri:

— Olha, se é para ficar no pé, fico nas pernas da Marisa, que é bem mais atrativa que você.

Ele riu também:

— Vou contar para ela, seu sem-vergonha machista. Ela sabe disso muito bem. Tem pouca mulher bonita aqui no pedaço... e, antes que você tenha ilusões, ela tem muito bom gosto para pareamento, não vai querer um delegado velho começando a ficar careca...

Fiquei ofendido. Sim, lá bem no cocuruto, noto uma área menos capilar, mas disfarço bem penteando. Ou não tão bem, já que este sacana percebeu.

Logo depois me liga o Ernesto:

— Doutor, tem umas coisas que eu acho que podem ter importância. A Olímpia andava muito preocupada com o Henrique, que, como o senhor sabe...

— Sim, era pouco interessado em estudo ou trabalho.

— Pois é, e a Olímpia tinha umas coisas de mulher, fazia novenas na igreja e ia atrás de uns místicos e gurus e coisas assim. Se o senhor olhar no caderninho vermelho, lá tem os endereços e telefones desses caras: sei porque ela recomendou alguns para mim. Anotei só por educação, joguei o papel fora, mas ela tirou de um caderninho vermelho.

Agradeci ao Ernesto. Tenho o caderninho vermelho com as anotações de profissionais da saúde. Chamei o Gilberto:

— Aquele caderninho vermelho, vamos dar uma olhada.

Olhamos. Várias coisas da dona Olímpia: cabelereira, spa para emagrecer, loja de sapatos com super-hiperofertas, e mais alguns endereços interessantes:

Hermógenes, mestre em ioga.

Martina, nutricionista.

Verbena, feng shui.

Anna Luiza, sabedoria dos vegetais, jardins, produtos naturais.

Doutora Meire Abrantes, ortomolecular.

Doutora Raissa de Almeida, ozonioterapia.

— Escolhe aí com quem você vai falar. São seis, pega três. Os outros ficam pra mim.

— Vamos procurar o que com essas pessoas?

— Procurar qualquer evidência de que eles têm algo a ver com esta tragédia. O cara da ioga, por exemplo, pode também se meter em medicina ayurvédica e ter dado alguma coisa para a família tomar...

— Medicina ayurvédica? Que diabo é isso?

— Gilberto, que falta de cultura, é medicina hindu tradicional, e o que eu sei para aí. Veja se eles receitaram alguma droga estranha para a Olímpia.

O Gilberto coçou a cabeça:

— Não tenho a menor ideia do que eu prefiro. Vamos dividir na ordem? Eu pego os três primeiros da lista: o Hermógenes, a Martina e a Verbena, e você pega os outros. Tudo bem?

— Ok.

CAPÍTULO 6

UMA CHUVA DE INFORMAÇÕES

No fim do dia, me aparece na delegacia uma dupla lembrando muito os comediantes nunca suficientemente enaltecidos o Gordo e o Magro. Apresentaram-se como vigilantes sanitários, e a primeira questão que me colocaram foi esta: eu era um irresponsável. Como é que, depois de ver a cena do crime, não providenciei imediatamente o isolamento dos contactantes, do prédio, do bairro.

O gordo me olhou com cara de quem estava falando com um criminoso:

— O senhor tem uma ideia do que pode acontecer se for um agente infeccioso novo? O senhor quer ficar conhecido assim como aquele cara da polícia de Wuhan que escondeu a epidemia de covid-19? Sabe o que aconteceu com ele?

Fiz cara de paisagem, ele continuou:

— Esse cara deve estar morto ou preso, na China é assim quando alguém falha. Aqui é Brasil, nada acontece com quem faz bobagens sanitárias.

Resolvi provocá-los:

— Devo tomar cloroquina? Ivermectina?

O magro tinha senso de humor:

— Esqueceu o zinco, mas pode trocar por zircônio com pitadas de vitamina D.

O gordo continuou:

— Depois de analisar os fatos, é tarde para isolar todos os contactantes, mas o senhor e mais os que andaram por lá vão tirar a temperatura duas vezes por dia, e qualquer sintoma, me avisem. Desculpe, não me apresentei, sou o doutor Eurico, e meu colega é o doutor Miranda.

Prometi avisar o Gilberto, tirar a temperatura, me observar e qualquer coisa contatar a Vigilância. Doutor Miranda disse que avisou o médico legal para tomar o máximo cuidado com as autópsias, guardar os órgãos das vítimas, colocá-los em sacos plásticos — parece algo da guerra do Vietnã. Perguntei:

— Enterra nos sacos?

Doutor Eurico explicou:

— O ideal é cremar tudo, ainda não acharam nenhum vírus que aguente mil graus de temperatura. Se a família fizer questão de enterro, é enterro com o corpo dentro do saco, caixão lacrado e todo mundo de máscara e luvas, incluindo os coveiros.

Compartilhei a boa notícia com o Gilberto. Estávamos nos preparando para ir para casa, quando Mildred me avisou:

— Tem um tal de Alexandre na linha 2, quer falar com o senhor.

Atendi, o Alexandre parecia nervoso:

— Doutor Francisco, dá para o senhor passar aqui amanhã cedo? Eu queria dividir com o senhor umas informações meio confidenciais. Pode ser às sete da noite, quando ninguém, nem a dona Núria, está aqui?

Marquei o encontro.

Lá fui. Só tinha o Alexandre no escritório, e ele me recebeu com cara de quem aprontou alguma, desviando os olhos, mexendo as mãos, indócil. Fomos até a sala dele, e o Alexandre na verdade confessou:

— Doutor Francisco, a firma não faz só logística de cereais. Fazemos outro tipo de logística, desde a época da ditadura. Como o Brasil é um destes lugares a que pouca gente presta atenção e como alguns países têm dificuldades de importação de alguns produtos, o nosso amigo falecido, o Carlos, arrumou uns contatos... Doutor, se isso ficar público vai dar um xabu monumental, não só pra gente, mas para pessoas muito importantes e particularmente para nosso bravo exército, que colaborou com nossas atividades.

Fiquei esperando a continuação. Será que estes caras importavam maquininhas de choque nos testículos? Bobagem, esse tipo de coisa qualquer eletricista faz com material facilmente disponível em qualquer lojinha de coisas elétricas. O Alexandre demorou e insisti:

— E aí, Alexandre?

— Começamos exportando armas para o Iraque, na época do Saddam. No começo tudo normalíssimo, ninguém reclamou, nem mesmo os americanos. Era aquela época em que o Iraque estava em guerra com o Irã. Arrumamos uns navios nacionais daqueles que dá medo entrar, davam a impressão que afundavam com meia onda, mas não afundaram e ganhamos uma nota boa, tudo em dólar. Aí quando o Saddam se ferrou, o Carlos andou pesquisando, afinal estava ótimo ganhar em dólares. Foi até Foz do Iguaçu e lá, não sei como, encontrou um general iraniano que tinha bolado a explosão de uma entidade judaica em Buenos Aires. Com os bloqueios americanos, eles também precisavam de armas e de mais algumas coisas. Para dizer a verdade, eles tinham acesso a armas melhores, fornecidas pelos russos e pelos chineses.

Alexandre empacou de novo.

— E qual era a coisa que eles queriam?

O Alexandre suspirou:

— O senhor me promete, pelo que há de mais sagrado, que isto fica entre nós?

— Se for para não esclarecer o crime, não conte comigo...

Alexandre foi enfático:

— É o contrário, é algo que pode ter relação com o crime, é para pegar quem fez, se crime foi. É supersegredo, secretíssimo, secretérrimo.

— Fala logo, Alexandre.

O homem tomou fôlego:

— Vou falar. Núria e mais os meus outros sócios nunca souberam dessa história. Nem vão saber, porque não precisam. Acho que o Moraes tem alguma desconfiança, a firma lucra mais do que poderia lucrar com o que vendemos, mas coisa boa ninguém contesta. Doutor, o Carlos e uns amigos generais dele fizeram a maracutaia, e a gente vendeu urânio para os aiatolás — fez uma nova pausa. — Se os americanos nos traçarem, estamos roubados. Não só nós: o pessoal do Exército, o pessoal da Marinha, que preparou o urânio nas centrífugas, muita gente importante. O urânio foi vendido por um preço melhor que ouro, e os dólares foram para paraísos fiscais. Quando a gente precisa de grana, e volta e meia precisa, arruma um jeito de trazer para cá. Tem salvado a empresa várias vezes, a gente inventa uma venda de arroz para a África, algo assim, e legaliza a grana. Qualquer problema com a turma do Banco Central, nossos amigos coronéis têm resolvido numa boa — mudou então o tom de voz. — Por favor, doutor Francisco, mais uma vez fica entre nós.

— E por que o senhor me conta isso?

Alexandre suspirou:

— Porque o pessoal da CIA, do Mossad, esses caras têm capacidade de achar qualquer um e qualquer coisa, e se vingam. Ou nossos coronéis, que hoje são generais, podem querer queimar arquivos. Fiquei sabendo dessas nossas transações quando a firma estava numa pior. Pensei em pegar um empréstimo bancário daqueles que a gente pega e sabe que nunca vai dar para pagar, e o Carlos me aparece com uma conta cheia. Encostei ele na parede e passamos uma tarde tomando uns uísques e ele me contando tudo que lhe relatei. Pode ser que esta tragédia não tenha nada a ver, doutor, mas pode ser que tenha.

Pois é, agora tenho que lidar com os caras da Vigilância preocupados com uma doença infecciosa e com implicações políticas nacionais e internacionais. E eu que achei esta delegacia uma sinecura...

Saí de lá imaginando como discutir isso com o Gilberto. Ainda bem que a ditadura já era, mas — acreditem — até há pouco tempo havia a mesma lei da época deles, a mesmíssima Lei de Segurança Nacional ainda estava valendo e podia ser usada do jeito que os caras lá de cima queiram.

Começou a chover forte. O trânsito de São Paulo, que já é encalacrado, quando chove fica ainda mais atrapalhado. Todos os sinais embandeirados e, podem acreditar, os que tinham os caras da Companhia de Engenharia de Trânsito atuando estavam ainda mais confusos do que os que não tinham, e os carros passavam na base da coragem de um mais ousado que punha o nariz para a frente. Ouvi de um não especialista em trânsito que com dois decretos o trânsito de São Paulo melhoraria muito: pode parar em qualquer lugar e todas as ruas são duas mãos.

Deu para chegar à delegacia, pensando nos vários problemas pela frente. Esse negócio do urânio, por exemplo, que coisa mais complicada. Até esqueci da Vigilância Sanitária. Eles que não se esqueceram de mim.

Assim que voltei para minha sala, a Mildred me avisou:

— Tem um doutor Gonçalo querendo falar com o doutor, e ele já ligou duas vezes e pediu seu celular, não dei e o cara ficou bravo, disse que era muito importante, prometi que o senhor ligava em seguida.

Ingenuamente tinha achado que esses caras não iriam incomodar. Falei para a Mildred:

— Liga pro cara. Já são quatro horas, eles encerram o expediente às cinco, se der sorte ele já está longe e pelo menos hoje não me incomoda.

O cara ainda estava lá, e já foi me descompondo:

— Doutor Francisco, podemos estar com uma bruta emergência sanitária, e o senhor some?

Contei até 2127. Aprendi esse truque, quando chega a mil, a raiva passa e, em dois mil, a gente (zen)ifica.

Doutor Gonçalo ficou impaciente:

— O senhor ainda está na linha ou dormiu?

— Estou aqui, à sua disposição, doutor. Em que posso servi-lo?

Doutor Gonçalo achou que eu estava zoando. Provavelmente estava mesmo:

— Sem ironias, Francisco. O que me foi relatado é a morte de quatro pessoas da mesma família. O motivo seria alguma coisa misteriosa, uma doença conhecida, ou pior, uma doença infecciosa que a ciência ainda não descobriu.

Fiquei surpreso:

— Como é que é isso?

— Infelizmente não é tão raro. Tem o HIV, novidade absoluta até a ciência decifrar o que ele era e como atacava o ser humano. Tem o SARS 1, o SARS 2, covid; está cheio de vírus por aí que vive em bichos e, do jeito que estamos *desbichando* nossas florestas e biomas, eles vão pegar os *desbichadores*, ou seja, a espécie humana. É o que mais tem por aí, não é? Bilhões de primatas, um banquete para vírus. Não só: existem bactérias, protozoários, todo um microzoológico faminto por aí...

— Mas avisamos a Vigilância...

Doutor Gonçalo só faltou rosnar:

— Avisaram, nossa secretária não deu a devida importância e, quando chegamos no dia seguinte, a oportunidade de isolar todos os contactantes e evitar uma epidemia já tinha passado: todo o pessoal da polícia e todos os contatos e mais os contatos dos contatos; não dá mais para delimitar o futuro surto. Não estou muito convencido de que seja uma doença infecciosa, são muito poucas as capazes de matar quatro ao mesmo tempo. Mas é o seguinte, doutor Francisco: vou encarregar o senhor de fazer a vigilância nos seus colegas e no senhor mesmo. Quero receber todo dia a curva térmica...

— Curva térmica?

— Sim, doutor, a temperatura do senhor e dos seus colegas que foram contatos diretos com os falecidos, agora que tem termômetro eletrônico é simples, quatro vezes ao dia. Faz uma planilha no Excel e me envia todos os dias, no fim do expediente. Se o senhor não mandar, lembre-se de que a Vigilância pode isolar todos vocês, é quase como ficar preso. O senhor não quer passar por isso, quer?

Ótimo, arrumei mais um encargo para fazer, como se tivesse tempo e paciência para esse tipo de coisa. Resolvi tirar alguma coisa de útil do vigilante sanitário:

— Tudo bem, doutor Gonçalo, tudo bem, mas não temos termômetros. Que eu me lembre, a única vez que fui ao nosso serviço de saúde com uma febre, me tiraram a temperatura debaixo do braço com um daqueles termômetros antigos, o senhor sabe...

Doutor Gonçalo ficou surpreso:

— Claro que sei, no meu tempo de estudante de Medicina, era o que se usava, mas não se usa mais, até é proibido, porque se quebrar deixa mercúrio no ambiente.

— Isso dá problema?

— Mercúrio metálico em si não é tóxico, mas pode levar microrganismos a transformá-lo em metilmercúrio, que é. Vou lhe dar mais uma tarefa, que é avisar os seus prestadores de serviço que é proibido usar termômetros com mercúrio.

— E os digitais? Como o senhor pode imaginar, não os temos.

Doutor Gonçalo não ficou entusiasmado, mas prometeu enviar para nós alguns termômetros digitais, deixando claro que era um empréstimo, e que as pilhas eram por nossa conta.

Liguei para todos os implicados. A Marisa achou graça, falou que estava convencida de que não era doença infecciosa, que era algum tipo de veneno. Ela estava pesquisando na literatura médica, mas por enquanto não havia encontrado nada que explicasse a tragédia.

Fiquei matutando. Uma vingança do Mossad me pareceu improvável. Os caras não iam matar toda uma família por conta da sacanagem do Carlos. Eles não são assim. Li aquele livro sobre como os caras do Mossad se vingam, e raramente erram. Minha nossa, agora lembrei que eles, com toda a tecnologia que têm, foram atrás de um dos caras que mataram atletas israelenses em Munique. Fuzilaram um pobre garçom na Noruega... Foi um só, quem liquidava famílias inteiras era Stálin. E os americanos? Minha nossa! Esses provavelmente usariam um drone e enviariam um foguete para explodir a firma...

Resolvi guardar para mim esse segredo de abrangência internacional e tocar para a frente com o Gilberto, procurando uma intoxicação. Se a gente não achar nada, podemos ir nesta pista, mas acho que não é por aí. Vamos aos contatos médicos alternativos da dona Olímpia.

CAPÍTULO 7

MEDICINA ALTERNATIVA

No dia seguinte resolvi não amolar o João Almino, pelo menos, logo cedo. Peguei os endereços e telefones dos contatos da dona Olímpia. Vou começar com a ozonioterapeuta, seja lá o que for isso. Ela tem um consultório numa avenida de bairro de classe média alta, liguei para lá, expliquei para a recepcionista que precisava falar com a doutora, e ela foi me dizendo:

— Só tem consulta para daqui a uma semana, a doutora é muito concorrida. Seu nome?

Resmunguei:

— Não sou paciente, sou o delegado Francisco, e o assunto é policial.

A mulher se assustou:

— Policial?

— É, minha senhora. Põe a doutora na linha, e não demore muito...

Pôs.

— Delegado, qual é o problema? Alguém se queixou de mim ou do meu consultório? Tem um chato que mora numa casa antiga e faz questão de parar o carro debaixo da árvore em frente ao consultório, e, quando não tem vaga lá, liga para mim e diz que vai chamar a polícia. Não sei a troco de quê, o local não tem sinalização de proibido parar e esse homem é um chato dos mais chatos...

Interrompi.

— Preciso falar com a senhora a respeito de dona Olímpia.

Ela se engasgou:

— Eu soube da história, está em todos os jornais. Que horror! E o senhor quer saber...

— O que a levou a consultar a senhora, se deu alguma medicação...

A doutora foi incisiva:

— Informações de pacientes são confidenciais, mesmo depois de mortos. Mas, se o senhor quer saber de medicações, é fácil responder. A única medicação que eu uso é ozônio, e aplico sempre aqui no consultório. Se quer saber como, é por via retal. Aliás, se o senhor tem problemas como dor de cabeça crônica ou digestão difícil, o ozônio é ótimo. Também para infecções crônicas, como sinusite, por exemplo, difícil de tratar com antibióticos, o ozônio vai lá e desentope os canais. Nas doses que usamos, não tem efeitos colaterais e seguramente não tem nenhum efeito que afete os contatos de quem usou. Portanto tenho absoluta certeza de que o ozônio nada tem a ver com a família, a dona Olímpia...

Esse negócio de informações confidenciais é um saco. Sempre aparece quando lido com médicos, mas sempre tem um jeito. Insisti:

— Tudo bem, doutora, eu entendo. Mas gostaria de conversar com a senhora.

— Delegado, não vou ajudar muito mais do que já lhe informei.

— Doutora, tem detalhes de procedimentos policiais que podem ajudar, eu preciso mesmo falar com a senhora.

Ela percebeu que não tinha jeito e disse que ia olhar na agenda:

— Olha, hoje tem uma vaga, um paciente desistiu da consulta, o senhor pode vir aqui às catorze horas?

Concordei. Poderia pedir para ela ir à delegacia, mas aí ela vai de mau humor, ou pega um advogado para acompanhar e então é que não sai nada que preste. Se bem que o falecido e lamentado Barão de Itararé, um sábio conhecedor deste país, dizia que, quando não se espera que saia algo que preste, é porque não vai sair nada.

No meio tempo, liguei para a doutora Meire Aparecida, a ortomolecular. A doutora Meire foi mais chata:

— Como o senhor está cansado de saber, a confidencialidade entre médico e cliente é tão válida quanto a do cliente/advogado.

É. E, como a outra doutora, depois de gastar papo, paciência e insinuar que seria melhor um encontro informal no consultório do que um encontro formal na delegacia, na hora que eu quisesse e não na hora que ela pudesse, ela topou:

— Então o senhor vem aqui hoje, às dezessete horas.

Outro endereço em bairro elegante. Dona Olímpia se consultava com doutores de classe. E como se consultava! Só faltou um médico que não fosse alternativo...

Primeira parada. A casa transformada em consultório da *ozonóloga* tinha manobrista, recepcionista vestida de enfermeira, aquele básico branco que sugere limpeza e até um segurança parrudo na porta. A doutora me recebeu rápido, num consultório com as fotos clássicas de filhos e marido. Mulher bonita — lhe dei uns quarenta anos e pelo menos duas *botoxadas*. Assim que me apresentei e me sentei, ela soltou o comercial:

— Delegado, é impressionante como o ozônio é ignorado pelo estamento médico...

Estamento? Será que esta dona leu o livro do Raimundo Faoro *Os donos do poder*, no qual ele define um grupo com ideias em comum, o estamento? Duvido.

E continuou:

— É um gás inodoro, absolutamente sem efeitos colaterais na dose que ministramos, e estimula a defesa imunológica, ativando as células "T33" e os fagócitos... A gente aplica com uma sonda retal, a pessoa nada sente; minhas clientes relatam apenas umas cócegas lá na região, e depois, quando peidam, o peido não tem cheiro. Sem falar no que o ozônio faz com os neutrófilos. O senhor sabe... desculpe, o senhor não é médico, por que saberia... que os neutrófilos são os primeiros elementos a confrontar os patógenos, e eles matam bactérias com oxigênio molecular ativado, o que é equivalente a ozônio. Há o risco numa infecção mais séria de eles cansarem, o preço metabólico da produção de oxigênio molecular é alto. Para alguns patógenos como a espiroqueta de Lyme, que se escondem dos neutrófilos, o ozônio consegue matar dentro de células.

Resolvi interromper, o comercial me pareceu extenso e cheio de coisas que seguramente não entendo e tenho o palpite de que ela também não entende:

— Doutora, mais uma vez, o meu único interesse em tratamentos é saber se dona Maria Olímpia tomou alguma coisa. O ozônio é aplicado aqui?

— Sim, é claro, não temos ozônio para aplicar em domicílio, mas, o senhor sabe, me deu uma ideia. Se tem cilindro de oxigênio domiciliar, por que não cilindro de ozônio? Vou conversar com meu pessoal. Sonda retal dá para passar em qualquer lugar.

Minha nossa, inventei um mercado para charlatanismo. Me despedi da doutora, dessa não tirei nada. Nem dá para tirar.

A visita à doutora ortomolecular Meire Aparecida rendeu mais. Mesmo padrão de consultório: uma casa adaptada, manobrista, recepcionista de branco — será que tem uma empresa que monta consultórios sempre com o mesmo modelo? Ou o modelo andou em oferta? Enfim, a doutora Meire era menos bem produzida que a mulher do ozônio. Mas o papo inicial era praticamente o mesmo, reclamando da dificuldade de lidar com os órgãos oficiais da Medicina, que não reconheciam os muitos méritos do tratamento ortomolecular. Não falou em estamento, falou em Conselho Regional de Medicina, Conselho Federal de Medicina, associações médicas e mais grupos que atrapalham seu esforço ortomolecular.

Perguntei sobre remédios, e ela disse que essencialmente receita suplementos minerais e vitaminas. Surpreendentemente pegou a ficha da dona Olímpia e foi lendo as medicações que prescreveu para ela: zinco, cobalto, selênio, vitamina E, vitamina B2, B3 e outros Bs...

— Doutora, e isso tudo é comprado em farmácia?

— Não, até tem em algumas farmácias, mas a gente não confia nos produtos, então vendemos aqui mesmo. Logo atrás da recepção, tem a nossa farmácia e nosso farmacêutico, sempre disponível no horário de funcionamento. É um senhor já de idade, muito envolvido com terapia ortomolecular, de toda a confiança da nossa equipe.

— Gostaria de falar com ele.

A doutora sorriu:

— Nenhum problema, é só ir lá embaixo.

Fui. Falei para a menina da recepção que queria ver o farmacêutico, ela deu uma risadinha:

— O seu Elói? É só seguir no corredor.

Segui. Passei pelo toalete feminino e pelo masculino, e por uma terceira porta escrito "Privado". Ri com meus botões. Eis a farmácia: prateleiras cheias de vidrinhos, uma mesa com uma balança eletrônica e um velhinho dormindo em cima da mesa. Bati na porta:

— Senhor Elói?

Senhorzinho no mínimo de uns setenta anos, bigode modelo Stálin, suíças grisalhas — quem usa suíças nos dias que correm?

Ele acordou sobressaltado:

— Pois não? O senhor me dá a receita...

— Não, não sou paciente da doutora Meire, nem tenho receita. É a respeito de umas medicações que o senhor preparou para dona Olímpia.

Ele se assustou, levantou-se da poltrona:

— Qual o problema? A dona Olímpia... Ah, meu Deus, ela e a família.... Mas nada do que foi receitado para ela tem a ver com aquela tragédia, o senhor não está imaginando que os remédios...

— Não estou imaginando, estou assuntando. Bem, vamos por partes. O senhor tem a receita ou as receitas da dona Olímpia?

Seu Elói empinou o focinho:

— Claro que eu tenho. Tudo aqui.

— E os remédios que ela levou, claro que o senhor tem aqui. Então eu preciso de um frasco de cada um para examinar.

O velhote felizmente não hesitou: foi pegando e me deu uns cinco frascos daquelas coisas que a doutora Meire me contou. E insistiu:

— Tudo isto é só para fortalecer...

— A imunidade, já sei...

— E nada disto é tóxico, delegado, nada de nada disto. Tudo muito seguro, natural, obtido das melhores fontes, eu importo tudo dos Estados Unidos.

Saí de lá convencido que a medicina ortomolecular tem uma fonte de renda extra na farmácia que trabalha acoplada. Mas não há no código de ética médica uma proibição de médico indicar ou ter farmácia? Bem, pontapé na cauda da ética não é novidade em nenhuma profissão, por que seria na profissão médica?

Liguei de novo para o João Almino:

— Você pegou os remédios no apartamentão dos falecidos?

— Porra, Francisco, está me ensinando a profissão ou querendo ensinar o padre-nosso ao vigário? Claro que peguei um monte de bobagens no armário do banheiro, estamos analisando, mas, pelo que está escrito no frasco, é tudo vitamina, sais minerais, tudo bobagem...

— Bobagem?

— Francisco, medicina ortomolecular é para enganar bobo. Usa uma terminologia complicada e no fim é psicoterapia com vitaminas. Às vezes até funciona. O único problema médico mais sério é quando eles dão biotina, que interfere com a dosagem de um monte de hormônios e dá uma bela confusão. Meus colegas que fazem laboratório detestam esses caras... E, por falar nisso, tinha biotina entre outras *bebagens*.

— Bebagens?

— Bobagens com vitaminas B. Para você ter falta delas só com dietas muito pobres. Até que tem mulher que quer emagrecer e faz dietas estranhas, vai ver que para elas até que é bom. Mas estamos examinando todos os remédios que achamos por lá — o Carlos tomava anti-hipertensivo, a menina tinha anticoncepcional na bolsa. O Henrique tinha uns cigarros de maconha, enfim, vamos analisar tudo, fica tranquilo.

Bem, eu realmente não tinha nada que encher o saco do João Almino com algo tão óbvio.

Completei:

— João, peguei todos os medicamentos que a dona ortomolecular receitou para a dona Olímpia, eu te levo, de repente tem alguma coisa diferente.

João Almino não ficou entusiasmado:

— Duvido que tenha alguma coisa diferente do que eu já peguei, mas tudo bem, manda aí. Tinha também uns frascos sem rótulos, uns perfumes, uns cremes, colírios, vai dar um trabalhão.

— E as autópsias?

— Todos com sinais muito parecidos: desidratados, congestão pulmonar, úlceras no estômago, pâncreas claramente inflamado, fígado aumentado. Estamos aguardando as lâminas para avaliar melhor. Autópsia de peste não é assim, nem de virose respiratória grave, estou cada vez mais achando que foi toxina, mas qual? Se você me der uma pista, posso tentar procurar com mais chance de achar alguma coisa. Você que é detetive, *detetiva*, meu!

Achei graça no neologismo:

— Esta é nova. Está bom, é o que estou fazendo. Se aparecer alguma coisa que possa sugerir uma causa, prometo que te conto.

Na delegacia, Gilberto já foi me informando:

— O velhinho da ioga, seu Hermógenes, foi taxativo: dona Olímpia só fazia ioga e meditação, sem nada de remédios ou coisas assim. Além de professor, o homem é um fofoqueiro de marca. Sabia dos problemas do Henrique, sabia que o Carlos há algum tempo não dava muita bola para a dona Olímpia, que sumia sem avisar e voltava sem explicar. Segundo o velhinho da ioga, isso era coisa típica de cara com caso fora de casa. Dona Olímpia tinha certa dificuldade em ficar zen e esquecia do mantra a três por dois. No fim o Hermógenes inventou um mantra curto, meia dúzia de *ommmms*, e disso ela conseguia se lembrar. Além do mais, aproveitando a formação esotérica do Hermógenes, dona Olímpia pediu e pagou por quatro mapas astrais. Seu Hermógenes tinha até os mapas numa gaveta e me mostrou. Perguntei se poderia ficar com as cópias dos mapas, porque, levando em conta o sucedido, a morte dos quatro membros da família, talvez no mapa fosse possível entender melhor o que aconteceu.

— E ele?

— Ficou assim meio passado porque, confessou, não viu as mortes, mas a interpretação da conjuntura de Saturno com Urano na constelação da Serpente talvez pudesse ser lida como tragédia iminente. Seu Hermógenes resolveu, naquele momento, que iria consultar um astrólogo-supervisor, consultor de dúvidas astrológicas, mestre Olavo. Quando perguntei se ele dava alguma coisa além dos mantras, ficou ofendido: ioga e iogue que se prezam nunca usam remédios, nem mesmo os ayurvédicos, nos quais, fez questão de dizer, não tinha muita fé.

— E a nutri?

— Também liguei pra ela. "Wendy com y", como fez questão de dizer. Muito simpática, perguntou meu peso e minha altura, eu menti, tirei dois quilos e aumentei cinco centímetros.

— Até você, Gilberto? Não tem vergonha? Tão magrinho...

— Sem brincadeiras, chefe!

— Chefe não! Francisco! Mas continue contando.

— Perguntei se ela deu algum medicamento para dona Olímpia. Ela foi radical: não prescreve medicamentos, só dietas, e o que ela chama de reeducação alimentar, com restrição total a adoçantes e glúten. O glúten, segundo ela, é um erro histórico.

— Por quê?

— Segundo ela, grãos, que contêm glúten, não são um alimento natural de uma espécie onívora como somos. São alimentos de equinos e bovinos. Podem, com muita boa vontade, ser ingeridos com moderação. Algumas culturas, em que tais elementos são a base da alimentação, criam pessoas com maior tolerância, como as do Oriente, culturas do arroz, e mesmo as da Europa, culturas do trigo. Mas fazem mal, e não só para quem tem doença celíaca.

— Continue, continue... — pedi, demonstrando grande interesse.

— Ela ainda disse que estava impressionada com os incas, que usavam quinoa, que não tem glúten; possivelmente não existiam incas com doença celíaca.

— Falou mais alguma coisa, Gilberto?

— Tentei fugir das muitas informações nutricionais, consegui a duras penas e esqueci o que nunca soube de nutrição, oligoelementos e outros maus elementos, enfim, desliguei o telefone. Chefe, que diabo é doença celíaca?

— E eu sei? *Googla* aí e acha. Adoçantes a troco de que fazem mal?

— Segundo ela, o adoçante engana o corpo e faz com que ele pense que tomou algum açúcar, aí o cérebro fica puto da vida quando o açúcar não vem e dá uma fome desgraçada, porque ele quer comida. Pelo menos foi o que entendi.

— E a mulher do feng shui, que tal?

— A menina do feng shui é dona de uma loja de móveis, e as recomendações dela são quanto à madeira dos móveis que a pessoa vai comprar e a orientação sobre onde colocar esses móveis; parece que é melhor na direção Norte-Sul, mas também pode ser no Leste-Oeste se não for no Sul-Sudoeste com ligeira inclinação a bombordo. Eu me senti num barco com tantas definições da rosa dos ventos. Não tem remédio, não tem nada que ela tenha recomendado e eu não sei por que o caro chefe me mandou lá.

Ri muito:

— Caro chefe uma ova, já te disse para não me chamar de chefe: somos colegas, eu com mais experiência, e você com mais chances de subir na profissão, eu já empaquei.

— Como todo burro velho...

— É, como todo burro velho. Então nossa investigação por enquanto nada. Gilberto, hoje fui ao escritório do Carlos de novo, e falei com o Alexandre. Tenho algumas novidades pra gente *dedetivar.*

— Quais?

— É complicado, meu caro. Vamos tomar umas cervejas e eu te conto, mas é super, superconfidencial.

— Até para nossos chefes da polícia?

— Principalmente para eles...

Fomos até um bar na esquina da delegacia. Sempre tem um bar perto das nossas repartições, e é lá que a gente faz reuniões, tenta bolar o que aconteceu, enfim, o trabalho relevante é lá mesmo. Na delegacia em si só fazemos processamento de processos, *carimbamento* de ofícios e atendimento ao público e aos nossos superiores. Nada que seja relevante no que tange ao combate ao crime...

Pedimos cervejas, bolovos e umas linguicinhas. Depois de morder uma delas, o Gilberto assuntou, curioso:

— Quais são essas coisas superconfidenciais?

Olhei bem para ele:

— Gilberto, vou escrever algumas coisas que você pode precisar saber, mas fica muito melhor não sabendo. Vou pôr na minha gaveta e, se acontecer alguma coisa comigo, abre, pega, lê e resolve o que fazer.

Gilberto ficou nervoso:

— E tem a ver com o caso?

— Pois é, acho que não, então por enquanto vou deixar de lado, mas pode ser que tenha e vou te avisando, é coisa cabeluda, complicada e, mais uma vez, provavelmente sem nenhuma relação com nossa família liquidada. Aguenta firme a curiosidade que um dia eu te conto.

Não contei. Talvez devesse, mas de repente arrumamos uma complicação danada, e o Gilberto está começando na profissão, numa destas a profissão acaba ali mesmo.

Disfarcei, tomei um gole da cerveja, que não estava estupidamente gelada.

— E a mulher dos vegetais, você ainda vai lá?

Resmunguei:

— Provavelmente essa dona discutia com a Olímpia a respeito de vasos, flores, jardins; também não vai ajudar, mas ela sobrou para mim, não foi? Não vou te empurrar mais essa. Mas hoje não estou a fim, já rodei bastante. Vou amanhã.

— Quer companhia?

— Se você estiver a fim, vamos. Pegamos um dos carros da delegacia, estou cheio de financiar o governo com a minha gasolina.

Gilberto caçoou:

— Gasolina coisa nenhuma, você põe álcool. Sempre.

CAPÍTULO 8

A EVOLUÇÃO HUMANA

No dia seguinte, liguei de novo para o José Almino. O santo homem não se irritou, ele está acostumado comigo, mas já foi falando:

— Meu amigo, as coisas aqui não andam tão depressa como você gostaria que andassem. As lâminas estão saindo hoje, mas mais uma vez do ponto de vista de macroscopia...

— Que diabo é isso?

— A inspeção dos cadáveres e das várias partes deles que examinamos. Você deveria saber isso, aposto que teve aula de Medicina Legal. Passou como?

— Do mesmo jeito que você passou nessa excelsa matéria. Estudando na véspera do exame e esquecendo tudo no dia seguinte.

— Está bom, não vou te tirar dez pontos. Discutimos aqui com a turma da química, e eles querem ajudar, procurando algum produto tóxico nas vísceras, temos todo o material, mas assim, sem qualquer pista, fica muito, muito difícil. Tem uma máquina que testa todos os metais, vamos começar com ela, se tiver arsênico, antimônio, tálio ou alguma coisa deste tipo, nós pegamos. E, por incrível que te pareça, pusemos um contador Geiger perto dos órgãos, para descobrir se tinha alguma coisa radioativa.

— Polônio? Como aquele russo que mudou de time na Inglaterra?

— Pois é, os russos levaram a técnica do envenenamento a novos patamares, a gente hoje acha o César Bórgia um principiante na arte. Eu até conversei com a Marisa, falei: "mas onde alguém vai achar polônio aqui no Brasil? Ou plutônio? Estamos mais é na presença do Pluto e seu inseparável amigo, o Pateta, esses não faltam na vida nacional...

— Está pensando no presidente?

— No presidente, no governador, no prefeito, nos deputados. E, para você ficar tranquilo, não há o menor sinal de radioatividade nas amostras. Ninguém que andou por lá, incluindo você e o Gilberto, a Marisa e eu, tem este risco.

Gilberto me chamou. Pedi um instante ao Almino:

— Me dá uns minutos que a gente já se fala. O que é, Gilberto?

— Tem uma senhora lá embaixo que ouve vozes e quer segurança na casa dela vinte e quatro horas por dia, e com mais de um meganha porque ela diz que, se for só um, ele dorme.

— Gilberto, a delegacia ainda não é um hospício. Parece muito, mas não é. Despacha essa doida.

Voltei ao João Almino:

— Meu amigo, a Vigilância Sanitária me ligou e quer que tiremos a temperatura quatro vezes ao dia, e eu fiquei encarregado deste registro. Avisa a Marisa e o resto do seu pessoal, a Vigilância vai mandar termômetros digitais pra gente. E, quando tiver qualquer novidade, me conta. Por favor, não esquece das temperaturas porque o cara da Vigilância ameaçou de nos isolar todos se não receber a planilha todo dia — não me imagino aguentando você por perto durante semanas...

João Almino concordou:

— Nem eu te suporto por muito tempo junto. Você até gostaria de ficar preso com a Marisa, não é? Comigo nem pensar... Vou te mandar as temperaturas, a minha e do meu pessoal, como você pediu. Nem precisa dos termômetros.

— Como não precisa?

— O tal do vigilante vai checar *in loco*? Assim que os termômetros chegarem, se chegarem, eu marco o que eu quiser e te mando. Vale uma cerveja se os caras perceberem... Se for uma possível epidemia, ninguém segura. Ninguém segura o jeitinho brasileiro de fazer errado.

Insisti:

— Qualquer novidade, por favor, me avisa. Por telefone, não por ofício; somos serviço público, mas não precisamos exagerar na lerdeza.

Prometeu me avisar quando tivesse as tais das lâminas e alguma informação mais útil. Sei que não devia ficar amolando o João Almino, mas essa história está me deixando nervoso. Como é que morrem quatro pessoas de uma mesma família por alguma coisa que parece ser a mesma, e a gente não acha a menor pista?

Chamei o Gilberto:

— Despachou a mulher das visões? Ela estava vendo Cristo feito Joana D'Arc?

— Não, ela não via Cristo, só São Pedro e o Arcanjo Gabriel. Os dois insistindo com ela para que pegue uma bandeira brasileira e marche até Brasília. Eles garantem que ela será seguida por milhares de brasileiros na missão de trocar nosso governo por uma monarquia, eles têm certeza de que o Brasil precisa de dom Pedro III. Sugeri que procurasse um médico, ela disse que já passou por vários, deram remédios que ela suspeita que sejam para calá-la para sempre.

— Gilberto, vê se ela tem alguém, algum parente que possa cuidar dela e fazer a pobre tomar os tais remédios. Pelo menos, ela não se mostra agressiva nem se acha perseguida, esse tipo de doido que se acha perseguido vira perseguidor e apronta. E com a mulher das flores, fez contato?

— Anna Luiza, Anna com dois "n" como ela fez questão de me falar. Francisco, essa mulher também não bate bem. Ela me fez um discurso ao telefone a respeito de curtir a natureza, usar só coisas naturais, fugir das industrializadas, voltar à vida normal da espécie humana, provavelmente pulando de árvore em árvore...

— Você não explicou por que estava ligando? Se apresentou como policial?

— Não, achei melhor a gente visitar de surpresa. E fiquei intrigado com essa história de respeitar a natureza, nossa alma animal...

— Você acreditou no pedaço de pular de árvore em árvore? A espécie humana se separou dos outros grandes macacos quando saiu das árvores e passou a andar em pé nas savanas, se alimentando de restos do que os grandes felinos comiam...

— Isso é verdade? Começamos como comedores de restos de caça dos grandes gatos?

— É uma hipótese, não tinha ninguém para fotografar ou registrar os fatos naquele tempo. Uma outra hipótese é que a espécie só evoluiu quando descobriu o fogo, e com o fogo pôde comer coisas indigeríveis quando cruas.

Gilberto ficou impressionado:

— Você andou estudando a evolução humana?

— Só como curioso, Gilberto. A evolução e a involução. Uma espécie que tem lideranças como a nossa vai se extinguir em curto prazo.

— Nada como um policial otimista como você para inspirar os subordinados.

— Ah, Gilberto, sem gozação. Aqui na minha delegacia, só o chefe goza. E estou falando sério. Muito sério...

— Está bom, chefe.

— Chefe não, Francisco. Pela décima vez...

Gilberto riu:

— Chefe, vamos analisar os mapas astrais?

— Já fiz de tudo como delegado, mas olhar mapas astrais e entender o que Vênus e Marte têm a ver com a vida, ou melhor, a morte de quatro humanos neste vale de lágrimas...

Gilberto atalhou:

— Vale de lágrimas é linguagem bíblica e, como o chefe, a Santa Madre Igreja proíbe consultas astrais, magia, feitiçaria teórica e prática.

— Feitiçaria teórica?

— Livro de São Cipriano, o chefe já leu?

— Nem sabia que existia.

— Pois é, já tive um, e lá tem feitiçarias poderosas. Por exemplo, para ganhar um campeonato de futebol, você pega um sapo, costura a boca dele e enterra debaixo do gol do adversário.

— Funciona?

— É por isso que o campeonato paulista tem tanto empate. O livro é público e bem conhecido nas rodas esotéricas.

— Então já que você parece que entende do assunto, me diga o que os mapas dizem.

— Pô, chefe, se o Hermógenes, que tem mais prática, não viu o crime, o senhor quer que eu veja o quê?

— Pera aí, pode ter sido um erro dele, Hermógenes, que você, como esotérico e entendedor de feitiçarias, vai corrigir.

Olhei para o Gilberto, que tinha os quatro mapas abertos e olhos arregalados. Será que desceu o espírito de Nostradamus neste meu subordinado? Sacudi o ombro dele:

— E então, iluminado, que luz te deu?

— Escuridão profunda. Chefe, não me goze mais, por favor. Vamos até a botanista, que é quem está faltando. Até agora não achamos nada de útil.

— Vamos a ela.

— Está bom, Francisco, vamos lá. Você guia, como sempre. Sei que você não confia na minha capacidade automobilística. Vamos deixar a notícia da desgraça para depois do começo da conversa: vamos ver no que dá.

CAPÍTULO 9

UMA HISTÓRIA DAS MIL E UMA NOITES

Fomos ao tal jardim. Não era perto, era na zona rural do Município de São Paulo, para lá de Parelheiros, andamos horas. Como é que a dona Maria Olímpia se dava ao trabalho de ir até lá? Ou então a Anna Luiza das Flores é que se mexia dando consulta em casa. Enfim, depois de rodar por bairros *faveloides* e chegar a uma estrada de terra no meio do mato — Mata Atlântica bem-preservada, perto da maior cidade do hemisfério sul, duro de acreditar —, chegamos à chácara da *vegetóloga*. Tinha telefonado antes, ela nos esperava na porta.

Era uma mulher que devia ter sido bonita quando moça, ainda tinha traços suaves, cabelos brancos com uma trançona sobre o ombro direito, muitas manchas na pele do rosto, típico de quem toma sol, e um sorriso simpático:

— Doutor, sou a Anna Luiza, a amiga da natureza.

Gilberto sorriu de volta:

— Somos amigos da dona Maria Olímpia, ela nos indicou a senhora.

— Ah, uma pessoa iluminada, transcendia ao meio. Vocês sabem, gente rica é tudo parecida, pensa que pode comprar qualquer coisa e resolver tudo na base do dinheiro. Ela não; Maria Olímpia tem uma rica vida espiritual e convencida de que todo este mundo de dinheiro, de remédios alopáticos, de médicos mercenários, não estava servindo para ela e muito menos para o menino dela, o Henrique, que tem problemas.

— A senhora sabe dos problemas?

— Sei o que a Maria Olímpia me contou. O menino queria sair de baixo das asas do seu Carlos, o pai, que cobrava muito dele e muito pouco da irmã. O Henrique não sentia vocação para negócios, detestava matemática, queria sair pelo mundo afora e se encontrar...

— E a dona Maria Olímpia?

— Mãe zelosa, cheia de amor. Queria que o menino se encontrasse, percebesse ele também a vida espiritual, o que alguns chamam de amor divino, nada deste amor convencional, sexo, nada disso. Ele ia para a Índia com a Soninha, pousar num Ashram, lá nem dá para beber a água, é tudo contaminado, o menino poderia ter uma doença infecciosa. Se fosse a Soninha, tudo bem, mas o Henrique? Aliás, a dona Olímpia achava ótimo que a Soninha fosse se encontrar na Índia e achasse um guru sensacional, que a convencesse a ficar por lá para sempre. O Henrique iria sofrer um pouco, mas melhor um sofrimento de adolescente do que parar de estudar um ano e ir para aquela pobreza e sujeira da Índia. Se fosse e estudasse em lugar civilizado, onde se pode beber água da torneira sem arriscar a saúde, com internet e Facebook para o menino conversar com ela, pelo menos três vezes por semana, num horário decente que não atrapalhasse o sono do seu Carlos, daria para aceitar. Ainda que assim fosse, dona Olímpia temia más influências: na França tem esse monte de muçulmanos que faz atentados, em Londres também, nos Estados Unidos a juventude se droga, alguns morrem de overdose. Como dizia dona Olímpia, ser mãe não é padecer no paraíso, é padecer aqui mesmo, neste nosso mundo complicado.

Gilberto mudou o rumo do papo:

— Dona Anna, me conte o que a senhora faz.

— Bem, eu tenho esta chácara onde cultivo orquídeas, outras flores, vegetais, e ajudo com a sabedoria dos herbanários, algo que se perdeu com o tempo. A cultura dos monges medievais, de Santa Edwiges, de Santo Humberto...

— Sabedoria dos herbanários?

— Sim, as muitas preparações de ervas e outros vegetais que melhoram problemas de saúde humana. Tenho até alguns volumes antigos em que eles são analisados e têm receitas medievais que não deveriam ter sido esquecidas, como foram. Se vocês puderem, leiam Santa Edwiges. Pena que tantos manuscritos, incluindo aqueles lindos, iluminados, se perderam. Aqueles malditos vikings destruíram tanto conhecimento. Não só nos países cristãos: aquela época de ouro de Córdoba juntou os conhecimentos médicos árabes, dos judeus e os poucos dos cristãos. Muito não chegou até nós, e faz falta. Hoje a medicina despreza a sabedoria tradicional. Tudo hoje é na base de pílula, injeção, alta tecnologia nos hospitais, tudo muito caro e vejam só como pouco adianta, agora vem um novo vírus e toda esta tecnologia babau.

Entrei na conversa:

— E a dona Olímpia usou das suas ervas?

— Mas é claro, usou e disse que funcionou para o Henrique, que ficou menos dispersivo. Mas expliquei para ela que, quando um membro da família não está bem, o problema não é só dele, é de todo o grupo, e que é necessário o tratamento de todos, ao mesmo tempo. Tem que tratar a constelação familiar em bloco. Os senhores não acompanham as coisas novas em psicologia, a constelação familiar é um destes progressos notáveis. Sugeri até para dona Olímpia procurar um especialista nisso, mas vou ser franca com vocês: esse negócio de fazer teatro e reviver conflitos não me convence, pode até piorar uma situação traumática. Não, tem que tratar com remédios da tradição popular e dos esquecidos ou suprimidos pela máfia de branco.

— Então a senhora preparou suas garrafadas para a família toda?

— Garrafada é um termo que eu não gosto. Preparei sim, e vou mais longe: juntei minha especialidade, que é botânica, com cromoterapia.

— Como assim?

— As cores das flores, das plantas, têm implicações terapêuticas. Tenho também alguns livros de cromoterapia que recomendam especialmente juntar espectros das duas pontas do arco-íris para melhor ação no tratamento. Tem muita coisa da nossa flora que é muito pouco conhecida, mas não precisamos ficar na nossa flora, tem tanta riqueza na natureza que a gente nem usa... E, combinando a botânica com a cromoterapia, aposto que a gente consegue resultados surpreendentes.

Gilberto se precipitou um pouco, mas dá para entender — estava aparecendo uma pista do desastre:

— E qual foi a sua sugestão para dona Maria Olímpia?

— Vocês têm algum problema parecido? — perguntou a mulher, com doçura.

O sem-vergonha do Gilberto inventou:

— Muito parecido. Este senhor que está comigo, meu avô, tem um bisneto da minha irmã que só dá problema.

Avô, agora tem mais essa. Não pareço tão velho, se bem que perto do Gilberto... ele parece muito mais novo que realmente é.

Dona Anna Luiza tinha cara de professora primária, daquelas que pegam um assunto e não param mais de falar nele:

— Cada família tem uma dinâmica, um jogo de poder e influência diferente. Por isso, só receitei para a Maria Olímpia depois de ir até lá e sentir, como posso dizer, o clima emocional, o espírito da coisa. Havia aquele clima na família: o Carlos insatisfeito com o Henrique, o Henrique muito infeliz com o pai, a menina se sentindo posta de lado, também muito infeliz, e a dona Maria Olímpia mais que todos, aquele coração de ouro, vendo a família se dispersando. Fizemos uma reflexão sobre a situação, e, como também eu acho importante a cromoterapia, propus (e ela aceitou) fazer uma junção de cores e auras vegetais, para tranquilizar e levar os membros da família à convivência agradável que tinham antes do confronto constante do Henrique com o pai.

Gilberto fez cara de quem estava entendendo tudo e gostando:

— A senhora tem receitas dos tais herbanários?

Ela foi direta:

— Tenho e uso, receito. Me isolei neste sítio, não tenho televisão, não tenho rádio, não leio jornal e não tenho celular, fico aqui só eu e eu mesma, com meus antigos livros de botânica e herbanários medievais e assim eu crio receitas.

— A senhora fica assim isolada? Sem contato com o mundo?

— E assim eu quero me manter. Tenho meus clientes, mas sinceramente não são muitos, mal dá para pagar as despesas. Vendo flores também, tem um feirante que vem aqui, compra e deve revender bem mais caro, ele vive insistindo para que eu forneça mais, diz que vende fácil, mas não quero virar uma plantadora comercial de flores.

Gilberto mais do que depressa insinuou:

— A gente gostaria de ver as tais flores que combinam com interação crômica, principalmente as que a senhora deu para a Maria Olímpia.

Interação crômica? Este cara está criando neologismos.

Anna Luiza sorriu:

— Mostro, sim. Vamos até o jardim.

Lindo, de verdade, essa mulher pode não entender nada de medicina ou psicologia, mas de cuidar de jardim certamente entende. Ela nos levou até um arbustinho com frutos vermelhos vivos, numa base preta.

Começou a chover, dona Anna Luiza propôs:

— Vamos entrar e vou lhes oferecer um chá muito especial. Pelo traje de vocês, me parecem executivos cansados daquela corrida pelo dinheiro que os americanos chamam de *rat race*.

Olhei sério para o Gilberto, espero que tenha entendido a mensagem. Não vamos tomar nenhuma beberagem desta ilustre herbalista. Expliquei:

— Muito obrigado, a senhora é muito gentil, mas somos muçulmanos, estamos no Ramadan, jejum durante o dia, não podemos nem tomar água.

Dona Anna ficou confusa:

— Não sabia que tem este jejum. Como é que vocês aguentam?

Gilberto deu continuidade à mentira:

— A senhora não imagina a fome que dá até que o sol se ponha, mas aí tem um superjantar halal...

— Halal?

— Toda comida é feita de acordo com as normas islâmicas, é o que chamamos de halal.

— Aquelas que não permitem misturar carne com leite?

Gilberto hesitou, mas respondeu com firmeza:

— Não, dona Anna, isso é coisa de judeu. E, antes que a senhora pergunte, a religião permite, ao contrário dos israelitas, comer caranguejo, camarão, frutos do mar, queijo com carne. Os judeus não sabem o que estão perdendo.

De onde o Gilberto tirou isso? O rapaz é mais culto do que pensei. Deixei o Gilberto explicando pontos mais finos da crença muçulmana, incluindo a dispensa dada a nós dois pelo nosso imã, o santo homem e futuro aiatolá Mahmud bin Masher. Nos liberou das cinco rezas diárias no tapetinho de rezar porque executivos não podem interromper uma reunião para rezar voltados a Meca cinco vezes por dia. Foi um compromisso teológico: nos horários da reza nos permitiu virar para Meca e imaginar o ambiente dentro de uma mesquita. Cinco vezes por dia.

A essa altura, pedi licença para usar o banheiro, não estava conseguindo segurar o riso. O Gilberto estava se contendo, a duras penas. Ouvi, antes de entrar, a dona Anna Luiza perguntando sobre os *djins* e outras entidades. Complicado no contexto da mais monoteísta das religiões, e o Gilberto começou a enrolar sobre os vários aspectos da divindade, incluindo anjos, demônios e *Shaitan*, que também é parte do divino. O Gilberto tem futuro como rabino, pastor, mulá...

Banheiro cheirando a incenso, todo cheio de flores e samambaias, crochê na tampa do vaso. Plantas, duas yuccas enormes: mal sobra espaço para o sanitário. Na parede, frases motivacionais de alguns gurus indianos. Ou de algum outro canto do Oriente.

CAPÍTULO 10

VERMELHAS E AZUIS

No meio daquela pletora vegetal e filosófica, peguei o celular e liguei para o José Almino. Quem atendeu foi a Marisa:

— Pois não, telefone do José Almino.

Provoquei:

— O José Almino mudou de voz ou se assumiu?

Marisa deu uma risadinha:

— É o Franciso, não é? Gozador, vou passar esta gracinha para o Almino, mas ele está fazendo um relatório chatíssimo e me passou o celular. Pode ser comigo?

— Pode, acho que vou dar trabalho para vocês.

— Já não chega o que já temos? Mas diz aí, o que é que você quer?

— Já te dou mais detalhes. Temos uma alquimista que andou preparando mezinhas para a família toda. Só pode ser por aí.

Voltei para a sala, o Gilberto estava todo atrapalhado explicando que o santo Corão só deve ser lido em árabe, senão não vai ser compreendido.

Dona Anna Luiza perguntou se ele entendia árabe e lia, e o Gilberto inventou que o árabe falado no Egito não é compreensível para quem nasceu nos Emirados, mas o árabe escrito pouco mudou nos últimos quinhentos anos, e que ele até lia, mas não compreendia o árabe falado. Tive a impressão de que os conhecimentos árabes do Gilberto estavam acabando. Felizmente, quando estava meio gaguejando, a chuva passou.

Dona Anna Luiza nos convidou a voltar ao jardim, não antes de fazer o Gilberto prometer uma entrevista dela com o imã. O Gilberto, sem vergonha, saiu-se com esta:

— Dona Anna, nós somos muçulmanos sunitas. Nosso imame não pode, por razões islâmicas, tocar em mulheres que não sejam suas esposas, uma das quatro. Se a senhora quiser, a gente pode levá-la lá, mas a senhora vai ter que cobrir a cabeça e colocar uma abaia e por favor não dê a mão ao santo homem, ele, nestas circunstâncias, dá um pulo para trás.

Dona Anna Luiza topou:

— O senhor me marca um dia que vou lá, coloco véu e a tal da abaia, é aquela roupa preta que torna o corpo da mulher impossível de ver?

Gilberto devia estar se divertindo, pois ainda acrescentou:

— Não precisa ser preta, tem abaia verde, azul e, para o pessoal de esquerda dos Emirados, que é mais liberal, abaia vermelha.

Depois dessas considerações islâmicas, andamos pelo jardim, ainda mais bonito depois da chuva, e dona Anna mostrou:

— Este é o jequiriti. Olhem que beleza estas frutinhas, a turma até faz colar com elas. Vermelhas, uma das pontas do espectro, e a base negra, o que significa a confluência de todas as cores.

Parou na frente de uma outra flor muito bonita, azul arroxeada, cor rara em planta. Estamos acostumados a ver aquelas orquídeas coloridas de azul que vendem em feira, e que eu pessoalmente acho pra lá de horrorosas, mas este azul era diferente, não era químico, era natural, como a Anna Luiza fez questão de frisar:

— Parece corante, mas não é, os Delphinium são assim mesmo. Chamam Delphinium, com ph. Como expliquei para vocês, o importante no caso da família era juntar as pontas do espectro da luz visível, o azul e o vermelho. Portanto pegamos, eu e a Olímpia juntas, as frutinhas e mais as flores do Delphinium, moemos no preparador de comida e saiu uma pasta que depois mexemos bem. Maria Olímpia falou que ia dar para a família, como se fosse um angu, algo assim.

Ficamos pasmos.

Gilberto continuou o passeio pelo jardim, admirando as rosas. Fiquei para trás, os dois nem perceberam. Pelo jeito o Gilberto gosta de rosas, a mulher começou a descrever as variedades das ditas.

Esperei eles se distanciarem. Voltei para o celular. Caiu de novo com a Marisa:

— Francisco, afinal resolve o que vai me contar. Ou você tem segundas intenções.

Rosnei:

— Se as tivesse não teria ligado para o Almino. Coisa séria, Marisa, por favor.

— Desculpe, estou tão acostumada com as segundas, primeiras e demais intenções. Que quer você?

— Quero que vocês peguem os livros de toxicologia e avaliem a toxicidade do jequiriti e de umas flores azuis, Delphinium com ph como a dona que cultiva fez questão de frisar.

— Pera aí, deixa eu anotar. Essas coisas têm relação com aquele caso da família que morreu unida?

— Têm tudo a ver. E, se alguma dessas plantas é tóxica, por favor veja se é possível detectar o que elas têm nos materiais que vocês guardaram.

— Jequiriti, nome bonito. Ela não te deu o nome em latim?

— E você precisa dele?

— Sei lá, nome popular de planta varia com o lugar, às vezes a gente pensa que é uma coisa e é outra. Vamos ao santo Google, lá eu devo encontrar este negócio. E o tal do Delphinium com ph.

Guardei o celular. Gilberto estava voltando com a *vegetóloga*:

— Que jardim lindo a senhora tem, dona Anna Luiza!

Ela sorriu, realizada.

Aproveitei para perguntar:

— A senhora ainda tem alguma coisa daquela mistura que a senhora deu para a dona Maria Olímpia?

A mulher nem desconfiou:

— Sim, tenho um pouco.

— A senhora pode dar para nós?

Ela ficou cismada:

— Se o senhor tem um problema parecido, precisamos conversar antes de usar qualquer coisa. Como lhe expliquei, cada família tem uma dinâmica diferente: é até perigoso usar uma preparação que foi feita para outros. É como remédio, o médico não receita a mesma coisa para todo mundo. Melhor ainda, é como remédio homeopático, você pode ter uma doença igual à minha, mas para você o remédio é um e para mim, com a mesma doença, o remédio é outro.

Olhei para o Gilberto, achei que estava mais do que na hora de prender essa criatura. Precisamos das evidências:

— Eu só queria ver de que cor ficou a tal mistura.

Dona Anna Luiza resolveu:

— Vou mostrar, mas não para o senhor levar, é só ver, não é? E vai ficar decepcionado: a cor da mistura é mais para o cinzento, mas a alma do vermelho e do azul estão lá, a aura, entende, o espírito da coisa.

Acompanhamos a alquimista até uma cozinha. Abriu a geladeira e retirou de lá um pote grande, que tirei da mão dela com todo cuidado. Aí sim, fui claro:

— Somos delegados de polícia, meu nome é Francisco, ele é o Gilberto. Dona Anna Luiza, a senhora está presa e vai conosco para a delegacia. Agora.

CAPÍTULO 11

O ANGU

Anna Luiza me olhava sem acreditar:

— O senhor está me prendendo? Por quê?

— Tenho umas trinta razões. A família da dona Maria Olímpia está toda morta, para início de conversa, e isso pode ter relação com a sua receita. Exercício ilegal da medicina deveria dar cadeia, mas não dá, nem vou colocar isso no boletim de ocorrência. Se fôssemos prender todas as pessoas que fazem este exercício ilegal... tem mais gente fazendo este tipo de exercício do que exercício físico. Pastor, médium, guru... é uma atividade multiprofissional.

A mulher me olhou, continuava sem entender:

— A Olímpia morreu?

Gilberto foi cruel:

— Ela, o marido, o menino-problema, a menina-futuro problema... A senhora vem conosco para a delegacia.

Ela quase gritou, falou alto:

— Quero meu advogado. O Luiz Felipe, quero ele aqui antes que vocês façam qualquer coisa.

Perguntei com toda a calma:

— O doutor Luiz Felipe é criminalista?

— É o meu advogado, cuidou do meu divórcio, me conseguiu uma separação que não ia ser amigável, mas acabou sendo, arrancou uma nota do Hernando, meu ex, aquele bandido, mas é, é o único advogado que eu conheço. Como não tenho telefone, o senhor me empresta o seu, quero ligar para ele.

Não há nenhuma norma que obrigue o policial a emprestar seu telefone, mas achei mais prático não ligar para esse ponto e conduzir o caso de maneira que depois um advogado bom não me estrague todo o processo alegando nulidade porque alguma formalidade não foi cumprida. Passei o aparelho, ela ligou, achou o cara e começou a chorar. Ele não deve ter entendido nada, ela me devolveu o telefone e pediu:

— Explica para ele, por favor.

— Doutor Luiz Felipe? Aqui é o delegado Francisco Solimões, delegacia dos Jardins.

Doutor Luiz Felipe ficou surpreso ou quis me gozar:

— E agora a delegacia dos Jardins, bairro, se envolve com jardins de verdade?

— Doutor, é uma longa história, o senhor acompanha os jornais?

— Claro, como todo profissional do Direito.

— Então o senhor sabe daquela família que foi encontrada morta no meu bairro?

— Claro, que tragédia! E o que isso tem a ver com a Anna Luiza? O senhor já deve ter percebido que minha cliente é uma mulher especial, não é uma pessoa comum, tem uma mente iluminada, eu tenho uma casa e ela me fez um jardim que é espetacular.

— Doutor, nós achamos que ela preparou alguma coisa que pode ter relação com a morte da família.

O advogado suspirou:

— Ela vivia insistindo para me fazer um chá especial para estimular minha criatividade jurídica, à base de boldo, beldroega, beterraba e beringela, tudo com B. Tem uma razão cabalística para isso que sinceramente não entendi. Ok, estou com horário livre nesta manhã, vou até aí...

— Não, doutor, é melhor nos encontrarmos na delegacia para onde vamos levar a dona Anna Luiza. O senhor poderia facilitar a vida de todos explicando para ela que ela deve nos acompanhar. Senão vou ter que chamar uns PMs para levar à força, é pior para ela.

Doutor Luiz Felipe suspirou de novo:

— Me passa minha cliente ao telefone. Acho que convenço.

Ela foi lá para um canto, falou, ouviu, repicou, resmungou, chorou, gritou e no fim topou. Me devolveu o telefone:

— O doutor Luiz Felipe vai à delegacia. Acompanho vocês, mas é porque quero, não estou sendo levada à força.

Concordei:

— Mas é claro, dona Anna Luiza, a gente entende, a senhora vai a convite. Temos o carro aqui, o Gilberto vai guiando.

Avisei o Gilberto:

— Vai lá e pega o pote da mistura, vamos dar para a turma da polícia científica e ver o que sai daí. Agora eles têm uma pista para procurar alguma toxina.

CAPÍTULO 12

DECISÕES MERITÍSSIMAS

Fomos os três no carro: o Gilberto guiando, e eu com a dona Anna Luiza no banco de trás. A boa técnica policial diz que o suspeito deve ser revistado, mas não tinha nenhuma mulher policial para fazer a revista e não quero depois ouvir o promotor reclamar que, por burrice ou falta de técnica da polícia, o processo foi comprometido. Confesso que fiquei tenso durante todo o percurso, mas a dona Anna Luiza não fez nada, não sacou uma tesoura de podar de dentro da roupa ou uma faca e não partiu para cima da gente. Depois do espetáculo que ela deu ao telefone, até que estava relativamente calma.

Quando chegamos, doutor Luiz Felipe já estava na porta. Jovem, de bigodinho, com a famosa pasta jurídica que todo advogado que se preza carrega — nem que seja para levar sanduíche —, de terno e gravata, como é de rigor na profissão. A primeira coisa que ele fez foi abraçar dona Anna Luiza assim que ela desceu do carro. Novas lágrimas. Levei os dois para uma sala, pedi para esperar um pouco, chamei o juiz de plantão que estava disponível, o meritíssimo estava lá perto, topou vir para resolver se era caso de prisão provisória ou preventiva. Acho que seria melhor preventiva, porque até a nossa polícia científica decifrar o que tinha no tal angu, não vai ser em menos de cinco dias.

Gilberto se encarregou da burocracia: fazer o termo inicial e mandar rápido o mingau para a polícia científica. A entrevista com dona Anna Luiza foi uma repetição das perguntas que já tínhamos feito. Doutor Luiz Felipe reclamou da gente:

— Vocês não se apresentaram como policiais para minha constituinte. Vou solicitar ao senhor juiz que não aceite a sua versão dos fatos, e a dona Anna Luiza vai ficar calada, como é seu direito.

Sabia que vinha algo assim, advogado é para isso mesmo. Felizmente o meritíssimo disponível — que não era meritíssimo, mas uma meritíssima muito bem apresentada, jovem, da idade do Gilberto — pegou o termo, leu e olhou para mim:

— Doutor Francisco, resuma os motivos pelos quais o senhor quer a prisão provisória de dona Anna Luiza.

— Doutora, ela tem acesso aos possíveis meios de envenenar os outros e a si própria, lá no seu jardim. Dentro do que eu sei não tem outro domicílio, e a senhora há de concordar que não aparecem muitos casos como este, com a morte de toda uma família, que pode estar ligada a toxinas vegetais do jardim dela. Há também o risco de fuga.

A meritíssima foi rápida:

— Prisão provisória, cinco dias, podendo ser renovada se o senhor tiver argumentos suficientes. Espero que possa provar nesse tempo que o senhor está certo, no momento, são apenas suposições.

Doutor Luiz Felipe interveio:

— O doutor aqui está imaginando um possível uso das plantas da dona Anna Luiza, que não foi e provavelmente não vai ser comprovado.

Atalhei:

— Se não for, a gente solta a dona Anna Luiza, mas é a única explicação plausível para o que aconteceu com essa família. Já encaminhei à polícia científica os restos do angu ou do mingau que ela declarou que fez para a dona Maria Olímpia. Também pedi à polícia científica que fosse até o jardim em pauta e colhesse material lá do arbusto com frutinhas vermelhas e da planta que dá flor azul-escuro. Acho que logo teremos toda a elucidação desse desastre.

Doutor Luiz Felipe não concordou:

— A dona Anna Luiza não tem qualquer antecedente criminal, tem domicílio conhecido.

— Exatamente no tal jardim com as possíveis fontes do envenenamento.

A meritíssima encerrou o papo:

— Acho que decidi pela melhor atitude, sem grandes prejuízos para sua constituinte, doutor Luiz Felipe.

CAPÍTULO 13

UM ALÔ PARA AS ALTAS ESFERAS

Fui para minha sala e me senti dividido. Por um lado, satisfeito, caso encerrado. Por outro... Que estupidez inominável! Aguardei duas horas e liguei para Marisa. Ela logo confirmou:

— Recebi um pote com um negócio cinzento e a sua dica de ir lá nos cafundós do judas atrás de frutinhas e flores. A polícia está ficando mais ecológica?

Ignorei a gracinha:

— E o tal do jequiriti? Achou alguma coisa?

A Marisa riu:

— Acho que você acertou. Dei uma *googlada*, e o jequiriti tem uma toxina parecida com ricina, perfeitamente capaz de matar, dependendo da dose. E o tal Delphinium também é tóxico. Meu amigo, você matou a charada.

— Não, Marisa, quem matou foi a senhora que fez o jardim e acredita em cromoterapia. Com a colaboração da dona Maria Olímpia e sua fé na medicina alternativa. Gozado, Marisa, se você tem um carro que encrenca, você não vai ao pastor mais próximo ou ao cromoterapeuta disponível para ele rezar em cima do motor ou colocar o carro numa luz verde especial. Você vai a um mecânico.

E, com a coisa mais importante que você tem, sua saúde, ou a de sua família, você cai nessa.

Marisa riu com gosto:

— O mundo é assim, meu amigo. Lógica não é a coisa mais disseminada entre o povão, e até as coisas da ciência para este pessoal são vistas como se fossem mágicas. Muito bom, agora que temos pista, vamos extrair as toxinas do angu e das plantas. A gente não tem os padrões para fazer cromatografia aqui, vamos mandar para fora. Vai demorar, os laboratórios americanos para os quais mandamos material cobram adiantado e descolar esta verba da direção não vai ser fácil.

Insisti:

— Marisa, tem gente lá de cima interessada, eu dou um alô para minhas altas esferas, você dá para as suas, vamos ter que resolver este caso. É tão raro a gente resolver um caso assim rápido, eles vão topar.

Toparam. Com resmungos, o nosso chefe reclamou com o chefe da polícia científica que eles nunca fazem o exame de que precisamos, o cara respondeu que não dá para trazer insumos caros e máquinas ainda mais caras para ficarem ociosos, que o Tribunal de Contas já caiu na alma do antecessor dele por conta de uma dessas máquinas que nunca funcionou, enfim, que a burocracia é terrível, mas que a gente faz o que pode, que o material vai para os Estados Unidos num puta laboratório da Flórida e que ele ligou para o chefão de lá... O nosso chefe perguntou:

— Uai, desde quando você conhece o povo de lá?

— Desde que fiz um estágio lá, meu amigo. Não notou meu inglês fluente? Bem, como é que você ia notar, já que só conversamos pelo telefone e em lusitano? Enfim, o cara ficou interessado e vai processar o material antes do pagamento, o que para eles é algo do outro mundo, eles não fazem isso a menos que seja realmente algo interessante. Se bem entendi, se for o que o meu pessoal está pensando, dá publicação, esses americanos adoram publicar em revistas científicas, é o que dá prestígio lá.

Meu chefe fez uma reflexão:

— Que diferença com as coisas daqui, não? Aqui o que dá prestígio é ter boas relações com gente importante.

CAPÍTULO 14

TUDO NOS CONFORMES

Da conversa dos dois, o resultado foi que a alta chefia financiou o envio de material lacrado para lá, mantendo a cadeia evidenciária, e pagando para a Anvisa não fazer nada, só sacramentar o envio. O material foi, e não saiu barato, sem falar na papelada que é necessária, mas isso não é problema, papelada é com a gente mesmo, incluindo firmas reconhecidas e sei lá o que mais. Meu pessoal ligou para um laboratório acostumado a mandar exames para o exterior e aproveitamos o tal do laboratório para o envio — foi por conta do dinheiro do nosso fundo de reserva. O fundo é composto daquele dinheiro que pegamos com bandidos, traficantes e outras criaturas do mal e que teoricamente deveria ficar armazenado em algum lugar da polícia, mas é claro que, se formos fazer assim, evapora. Então a norma é deixar esse dinheiro disponível para despesas inesperadas, e, se há alguma que seja totalmente inesperada, é esta.

Dona Anna Luiza foi devidamente encaminhada à prisão feminina, contra os protestos do doutor Luiz Felipe. Se fosse uma coisa menor, como matar uma pessoa, ele provavelmente conseguiria deixá-la em liberdade, com fiança, mas, matando quatro e com material do próprio jardim, não deu.

Gilberto ficou entusiasmado:

— Mal cheguei e já resolvemos um crime diferente.

Contestei:

— Pois é. Se fosse um crime comum, a gente não teria descoberto nada, como acontece com 90% dos nossos homicídios que acabam sem esclarecimento.

— Aqui nos Jardins, neste bairro chique?

— Não, Gilberto, aqui não. O que dá por aqui é suicídio, crime de paixão em que o cara se entrega ou mulher que mata o marido que bate nela. Isso qualquer um decifra. Mas pega um assalto na rua, e a gente só vai achar o bandido porque o cretino conta prosa num bar e aí nossos alcaguetes (e sem eles, meu amigo, não tem polícia, não tem elucidação de nada) contam pra gente, e, se der sorte e o cretino continuar frequentando o mesmo bar, como é habitual, a gente vai lá e prende o cara. E aproveita para colocar nas costas dele mais uns assaltos que provavelmente não foi ele que fez. Melhora nossas estatísticas de resolução de casos.

CAPÍTULO 15

UMA ROSA É UMA ROSA É UMA ROSA

Duas semanas se passaram. Pelo jeito os americanos não acharam lhufas. Bateu o desânimo. Foi então que a Marisa me ligou:

— Meu amigo, que coisa mais bizarra! O jequiriti tem uma toxina, a abrina, e o Delphinium tem aconitina, dois venenos. Fui ver os sintomas e o que li explica muito bem o que aconteceu com aquela pobre família. O pessoal da Flórida achou as duas toxinas no material que enviamos, os vômitos e aquele angu. Me disseram que você pegou a autora da proeza.

— Pegamos. E ela diz que não sabia das toxinas e dos riscos. Você não vai acreditar, mas a mulher que aprontou essa é uma... não sei se tonta ou maluca. Ela jura que nunca ouviu falar nestas toxinas, que escolheu a frutinha vermelha e a florzinha azul só por conta das cores que, segundo os princípios cromoterápicos, se potenciam como capazes de levar a felicidade aos humanos...

— Vai se livrar como doida?

— O doutor Luiz Felipe, advogado dela, vai provavelmente nesta linha, mas não sei não. Para louca ela é muito organizada, tem uma listinha de clientes, cobra, tira o suficiente para manter o jardim. Pena que estamos nos anos 2000, se fosse há uns cinquenta anos, a gente punha esta dona para arrumar jardins públicos, aposto que faria um trabalho melhor que os jardineiros da prefeitura. O Luiz Felipe pediu um habeas corpus para ela ficar em liberdade enquanto o processo corre, alegando que, depois da investigação já feita, ela não tem como interferir, e, como sempre, algum juiz deu. Ela está leve e solta no seu sítio.

Marisa ficou curiosa:

— Como é o jardim dela?

— Lindo. Para quem gosta de jardim, orquídeas e outras plantas, é um espetáculo. Você quer ver?

Marisa riu:

— Essa é a cantada mais bizarra que já levei, convidar para ver um jardim do qual saíram venenos...

Suspirei:

— Então você não quer?

Ela riu de novo:

— Quero sim, vou contigo e depois...

— Depois?

— Francisco, não vamos perder tempo. Somos adultos, já mais para velhos que para jovens, não vejo por que não, nesta época de pandemia, a gente depois ir a um bar, tomar umas e outras e aí chegar aos finalmentes. Vamos fazer isto já: vou contigo, vejo o jardim, depois vamos para o teu apartamento. Por favor, sem frescuras, promessas de amor eterno, o tal que seja eterno enquanto dure. Vai durar o tempo exato do nosso encontro, a menos que eu queira levar isto adiante.

— E o João Almino?

— Que tem o João Almino? Trabalho com ele, é um catolicão de ir à missa com a mulher e suas três filhas, todas feias como a mulher dele. Você achou que tinha alguma coisa entre nós? Meu, homem não tem o menor faro para essas coisas, se a gente não fala claramente o cara não percebe.

— Deve ser isso mesmo, a gente não tem radar para essas coisas. Hoje?

— A mulher está lá, no jardim?

— Deve estar. Você quer mesmo conhecer a peça?

— Quero sim. De repente, posso precisar dos préstimos dela...

— Para fazer um jardim. Espero que seja só isso.

Marisa riu de novo:

— Pensou o quê? Meu amigo, eu sou uma policial científica, jamais usaria alguma coisa tão rastreável se quisesse liquidar alguém.

Dei uma de bobo:

— Mas, Marisa, eu jamais pensaria uma coisa dessas...

Sinceramente, honestamente, pensei sim.

Fomos até as quebradas de Parelheiros, dona Anna Luiza estava em casa e nos recebeu com muita, muita má vontade:

— Doutor, o que o senhor quer agora de mim? Meu advogado me avisou para não ter mais nenhum contato com a polícia; se eu tivesse um telefone, ligaria já para ele, mas o senhor sabe, não tenho. O senhor ou a senhora me emprestam?

Expliquei:

— Dona Anna Luiza, nossa visita não tem nada a ver com o caso, é que a doutora Marisa aqui ficou muito curiosa porque falei para ela que nunca vi um jardim tão bonito como o seu, e ela só queria ver...

Dona Anna Luiza me olhou ressabiada:

— Tudo bem, mostro para ela. O senhor já viu, o senhor fica aqui fora e espera.

Marisa topou, e lá se foram as duas. Demoraram horrores, fiquei até preocupado. Estava a ponto de ir entrando quando as duas voltaram, a Marisa segurando uma rosa. Rosona, bonita, repolhuda:

— Francisco, é incrível! Que jardim espetacular! E ganhei esta rosa, olha que coisa mais linda!

Sosseguei, dona Anna Luiza foi, se despediu da Marisa e me avisou:

— Doutor, não me procure mais. A sua amiga é outra história, eu intuo gente que gosta de verdade de flores, de plantas, é um espírito diferente de vocês.

Uai, a Marisa não falou para ela que também é da polícia? Não, claro que não. Quando fomos embora perguntei, e ela riu:

— Não falei nada, ela não perguntou e foi só o papo das flores, dos cuidados, dos adubos, das dificuldades de criar epífitas.

E completou:

— Agora, Francisco, faz de conta que você me deu esta rosa e eu vou retribuir o presente com a minha rosa feminina...

Mulher sem-vergonha, como eu gosto. Retribuiu. Para mim foi ótimo, espero que para ela também tenha sido, e que tenhamos mais vezes. Longe da delegacia e dos colegas dela, que namorar quando a gente está neste ambiente onde todo mundo se conhece é uma desgraça. Qualquer probleminha, aparecem duzentos colegas com vários conselhos a respeito, todos estúpidos.

CAPÍTULO 16

UM BELO DIA PARA RESPIRAR

No dia seguinte, voltei para a delegacia. Gilberto estava empolgado com a elucidação do crime:

— Polícia é isto, saber quem foi, por que foi e como foi. Mudando de assunto, recebi do João Almino uma planilha com um monte de temperaturas. Que é que faço com isso?

— Deixa comigo que resolvo já.

Pedi para a Mildred ligar para o doutor Gonçalo, o vigilante. Ela o encontrou, e ele já foi reclamando:

— Cadê a planilha? Vou ter que isolar vocês?

Enchi o peito:

— A planilha está aqui, mas vai sobrar. Elucidamos o caso, é veneno, não é infecção, pode ficar tranquilo, nenhuma nova pandemia desabou aqui.

O Vigilante estranhou:

— Vocês já descobriram? Que milagre, a polícia ser tão expedita...

Pensei em retrucar falando da eficiência da Vigilância Sanitária de um modo geral; aposto que nunca fiscalizaram o bar que frequentamos, já vi rato passando por lá.

Mas é melhor não brigar com esses caras, sabe-se lá o que podem aprontar. O bravo vigilante concordou que não precisava mais das planilhas, já que tínhamos elucidado tudo. Mas ainda me encheu:

— Mas tem certeza *certezíssima*?

— Temos, doutor. Temos. Temos.

Nos despedimos, o Gilberto continuava entusiasmado:

— Que matada de caso!

Dissipei suas ilusões:

— Neste caso? Se não tivesse a cadernetinha da dona Maria Olímpia, se ela fosse menos organizada, estaríamos até hoje perplexos. Gilberto, vai se preparando: o policial mais tem dúvidas e incertezas do que casos resolvidos.

Pois é: acho que resumi o *ethos*, o espírito da profissão policial. Isto se o espírito mesmo não for o conhecido espírito de porco.

Faltava sossegar o Alexandre. Liguei lá para a firma, falei com a recepcionista, marquei uma reunião. No fim da tarde lá fui, o Alexandre estava ainda assustado, me recebeu agitado:

— Doutor, não me diga que foi o Mossad ou a CIA, nem sei o que fazer, eles vêm atrás da gente...

Sorri.

— Fica tranquilo, Alexandre, não foram eles, nem os russos, nem os terroristas das Arábias.

Contei para ele a solução do caso, ele ficou pasmo:

— Eu sabia que a dona Olímpia não batia bem, e ela foi encontrar outra maluca. Bem que o Carlos dizia que aguentar a Olímpia era dose...

Olhou para mim e quase apelou:

— Então essa história que lhe contei, com alguns detalhes...

Interrompi-o:

— Que história?

— A do...

— Não sei do que você está falando. Pode contar para dona Núria e para o Moraes que o mistério está solucionado.

Alexandre agradeceu:

— Doutor Francisco, se algum dia alguém falar mal da polícia, serei o primeiro...

Eu ri:

— A endossar a crítica. Tudo bem, Alexandre. Não posso dizer que foi um prazer conhecê-lo, nestas tristes circunstâncias.

Quando nos despedimos, me deu um abraço e insistiu:

— O senhor não se lembra de nada do que lhe contei?

— Me contou o quê?

— Não mesmo?

— Amnésia total e irrestrita.

Alexandre sorriu, me deu outro abraço e se pôs à disposição:

— Se precisar de qualquer coisa da nossa empresa, por favor venha que a gente se considera devedor moral do senhor.

Fui mau. Não sei por que me deu um acesso de maldade aguda:

— Obrigado. Se precisar de urânio...

Vendo a cara assustada do Alexandre, completei:

— Não vai ser aqui, afinal vocês comercializam cereais, nada a ver.

À GUISA DE EPÍLOGO

Fui a pé, voltei para a delegacia. O dia estava bonito, temperatura agradável. Respirei fundo para levar o ar poluído e as partículas de carvão para os meus pulmões. Preciso mesmo fazer mais exercício, esta barriguinha está me incomodando e se continuar assim não ganho mais nenhuma dona que valha a pena. Marisa não falou nada sobre minha forma física, mas não precisa, tenho certeza de que não foi por ela que consegui a loira. Foi pela elucidação do caso, ou seja, foi graças à dona Anna Luiza e seu lindo jardim. Gilberto e eu vamos ganhar pontos com os doutores delegados lá de cima.

Começou a ventar, apertei o passo, cheguei à delegacia, e o Gilberto me recebeu na porta:

— Chefe! Adivinhe o que temos!

Resmunguei:

— Temos mais um caso sensacional, não é? Deixe-me pelo menos sentar na minha sala, na minha cadeira dura, e me conta.

FIM

FONTE Apotek, Calluna
PAPEL Pólen Natural 80g/m²
IMPRESSÃO Paym

FSC
www.fsc.org
MISTO
Papel produzido a partir de fontes responsáveis
FSC® C133282